FICHA CATALOGRÁFICA

(Preparada na Editora)

L86a   Lorenzo, J, 1968-
       Avenida Houdini, 580 / J. Lorenzo. Araras, SP, IDE,
       1ª edição, 2021.
       256 p.
       ISBN 978-65-86112-25-2
       1. Romance 2. Espiritismo. I. Título.

                                           CDD-869.935
                                              -133.9

Índices para catálogo sistemático:
1. Romance: Século 21: Literatura brasileira 869.935
2. Espiritismo 133.9

AVENIDA HOUDINI, 580

ISBN 978-65-86112-25-2

1ª edição - setembro/2021

Copyright © 2021,
Instituto de Difusão Espírita - IDE

Conselho Editorial:
Doralice Scanavini Volk
Wilson Frungilo Júnior

Produção e Coordenação:
Jairo Lorenzeti

Revisão de texto:
Mariana Frungilo Paraluppi

Capa:
Samuel Carminatti Ferrari

Diagramação:
Maria Isabel Estéfano Rissi

INSTITUTO DE DIFUSÃO ESPÍRITA - IDE
Av. Otto Barreto, 967
CEP 13602-060 - Araras/SP - Brasil
Fone (19) 3543-2400
CNPJ 44.220.101/0001-43
Inscrição Estadual 182.010.405.118
www.ideeditora.com.br
editorial@ideeditora.com.br

Todos os direitos reservados. Nenhuma parte desta publicação pode ser reproduzida, armazenada ou transmitida, total ou parcialmente, por quaisquer métodos ou processos, sem autorização do detentor do copyright.

J. LORENZO

AVENIDA OUDINI, 580

ROMANCE ESPÍRITA

ide

Dedicatória

Para M.I., R. e R..

"Ao clarão da liberdade e da caridade humanas, todos os homens, reconhecendo-se, dirão: "Nós somos irmãos" e somente terão no coração um mesmo amor, na boca, uma só palavra, nos lábios, um único murmúrio: Deus!"

Allan Kardec

1

A empresa que atuava na área de terceirização de serviços tinha sido bem clara, seria apenas uma emergência, já que o amigo González, que era quem executava esse serviço, precisou se afastar para cuidar de problemas da família no interior. Seriam apenas sessenta dias na função de motorista particular, em regime integral, e voltaria, logo depois, a ficar disponível para o serviço que mais lhe interessava, que era o de segurança pessoal. Odiava trabalhar como motorista de madame, fazendo passeios pelos shoppings da cidade e carregando sacolas. Mas, como González sempre o ajudou, achou melhor aceitar sem reclamar.

Calçou os sapatos, que haviam sido lustrados na noite anterior, vestiu o paletó, tratou de guardar a documentação em seu bolso e, olhando novamente no espelho, deu uma última arrumada na gravata; depois, pegou o celular, a carteira e as chaves que estavam sobre a cômoda do quarto. Agarrou a alça da pequena maleta, que continha roupas e alguns objetos de higiene pessoal, olhou para o quarto mais uma vez, fechou a porta e, em poucos segundos, já estava na rua pegando um *uber*.

Teria de chegar até a Vereda Houdini e apresentar-se no número 580 com a devida documentação.

A antiga avenida Houdini era formada de paralelepípedos irregulares, com árvores de copa larga, muitas delas, inclusive, com flores, e calçadas compostas por pedras portuguesas, formando diferentes mosaicos, uma verdadeira obra de arte a céu aberto, datada do século XIX. Apesar de sua beleza, a extensa avenida era estreita e sem saída, proporcionando apenas a passagem de um veículo por vez, impedindo completamente que carros permanecessem estacionados. Um grande erro do antigo projeto urbanístico da cidade, mas que fora esquecido com facilidade, pois aquela avenida, agora, era conhecida por seu patrimônio cultural e por suntuosos casarões de estilo contemporâneo e de alma clássica em seu interior, cercada por jardim e circundada por grandes muros, grades, guaritas e câmeras escondidas. À frente da avenida, uma cancela e uma pequena portaria controlavam a entrada de veículos e de pessoas sem autorização. Os moradores tinham conseguido o intento com a proposta de preservação de toda aquela arte desenhada nas calçadas. Com isso, o local se tornou uma ilha de tranquilidade frente ao caos de uma grande cidade e passou a ser chamado de Vereda Houdini. Assim, era comum ver pessoas próximas da portaria, tirando fotos e *selfies* no lugar. Fato também é que muitos famosos moraram naquela avenida no passado, o que contribuiu ainda mais para a especulação sobre o lugar. Atualmente, a grande maioria era composta por empresários influentes que prezavam pela discrição e pelo anonimato.

 Dentro do carro, durante o percurso, sentiu na cabeça uma incômoda sensação de formigamento, como se estivesse queimando seu couro cabeludo, e, em seguida, uma leve tontura. Teve ímpeto de voltar. Ouviu os sinos da catedral do bairro, fechou os olhos e segurou a medalha do escapulário que trazia em seu pescoço, e deixou-se levar por lembranças.

O *uber* parou diante da portaria da Vereda Houdini e, assim que desceu, notou um aglomerado de pessoas estranhas, exaltadas em uma discussão, do outro lado da calçada, mas bem na direção da entrada. Retirou a documentação do paletó e foi em direção à portaria.

– Bom dia. Sou o motorista temporário que veio substituir o González para os moradores do número 580. Aqui está toda a documentação.

Um homem, desconfiado, aproximou-se dele. Tinha o rosto enrugado e os cabelos ensebados pelo excesso de creme para pentear, e um bigode bem aparado, que roubava a atenção. O homem colocou os óculos e, pegando os papéis, fez uma leitura rápida, e respondeu com voz de locutor:

– Bom dia, senhor... – iniciou a dizer ao mesmo tempo que corria os olhos nos documentos – Jeremias Cruz, prazer em conhecê-lo! Meu nome é Odilon e sou eu quem cuida do silêncio local – disse isso dando uma piscadela e abaixando o volume do rádio. – Já vou verificar e, em seguida, libero o amigo.

Após confirmar a informação pelo interfone, Odilon devolveu a documentação e saiu da guarita reclamando:

– As casas aqui não têm número e, claro, esses moradores sovinas acham isso lindo. Óbvio, não são eles que têm de passar a informação.

E, olhando para Jeremias, ordenou:

– Siga sempre na calçada da direita. É a casa do escultor!

Jeremias ficou olhando para o homem, sem entender o que dizia.

Num reflexo, o velho revirou os olhos e, estalando os dedos, como se pretendesse despertar Jeremias, continuou lentamente a falar, demonstrando forçosa paciência:

– Vá sempre deste lado da calçada. Depois de alguns passos, começará a ver grades fortes e altas em forma de lanças e, a seguir, o portão principal. Não tem como errar, vá tranquilo!

Odilon deu um tapinha nas costas de Jeremias e, desejando-lhe boa sorte, virou-se e entrou na portaria, fechando a porta e aumentando o volume do rádio.

Antes de continuar, Jeremias voltou rapidamente para o guichê e perguntou:

— Quem devo procurar?

— Senhorita Flores — disse Odilon de maneira pausada e suave, fazendo um galanteio com uma das mãos.

Jeremias achou graça na forma como Odilon se expressou. Agradeceu e, sorrindo, perguntou:

— Na primeira vez, você disse casa do escultor... Quem mora lá?

Mas Odilon foi logo o despachando:

— Você vai entender, não se preocupe. Agora vá!

A caminhada durou pouco mais que cinco minutos. Jeremias logo reconheceu as grades e já estava vendo os portões quando reparou, por entre as grades, numa imagem que o deixou intrigado. Parou, forçou a vista, buscando maior nitidez e compreensão... Era uma escultura que, a julgar pela distância, devia ter cerca de três metros de altura. Ficava na parte oposta ao portão de entrada, na frente do casarão, e o que mais chamava a atenção eram as formas da escultura, que parecia inacabada, pois, na parte inferior, ainda era bruta e disforme, surgindo, a meia altura, na parte superior, a metade do corpo de um homem, com os dois braços para o alto, impulsionando força e tendo em uma das mãos um martelo e, na outra, um cinzel, e seu rosto era de dor e angústia, com um olhar de raiva, voltado para o céu, como se suplicasse algo inconcebível. Era a figura de um escultor que estava se esculpindo e que parecia não ter mais forças para continuar. Jeremias, então, compreendeu que ali era a casa do escultor.

– Vai ficar aí parado? Entre!

A voz veio seguida de um ranger de ferros. Jeremias percebeu, então, que os portões estavam se abrindo e que, após as grades, havia uma guarita, camuflada pela forração de trepadeiras; ao lado, dois gatos correram assustados, e um homem forte fazia sinal para que entrasse e fosse até ele.

– Bom dia! Procuro a senhorita Flores, sou o motorista que veio substituir o González – explicou, estendendo a mão com toda a papelada.

– Aqui não tem nenhuma senhorita Flores,

apenas senhor Flores, que sou eu, e você é mais um que caiu nas brincadeiras sem graça do velho Odilon. Quem está esperando você e toda essa papelada aí é a senhora Kíria.

Jeremias sentiu vergonha e constrangimento.

– Desculpe-me...

– Não se preocupe. Odilon se considera engraçado, mas é apenas um velho inconveniente que ri da própria piada e, por azar, meu ex-sogro. Vá por aqui – disse, apontando para a esquerda. – Siga pelo caminho de pedras, o escritório fica atrás da casa. Vá rápido. Ela não gosta de esperar.

2

Bota de couro preto, com bico de metal, chão de terra batida, calça jeans desbotada, camisa surrada, um homem estava sentado na soleira da porta e, ao seu lado, uma caixa de laranjas. Tinha os cabelos até os ombros, cobrindo o seu rosto, e um canivete com cabo de madrepérola e listras brancas e pretas em sua mão.

Aquela imagem o fazia paralisar, seus músculos enrijeciam, sua mente entrava em choque, tentava gritar, mas a sua voz não saía, e sentia-se imobilizado como se envolto estivesse por uma camisa de força.

Como das outras vezes, essa imagem era o prenúncio da fúria do homem de olhos arregalados, partindo em sua direção. Queria acordar, mas não conseguia...

Abriu os olhos e viu o teto do quarto, podia sentir as batidas do coração contra o peito e uma leve falta de ar. A cama estava encharcada de suor, já era manhã, e a luz do dia iluminava todo o quarto. Sentou-se na cama e procurou prestar atenção em sua respiração, inspirando e expirando. Não gostava de se sentir tão vulnerável e passou a mão pela nuca, enxugando o suor, enquanto tentava raciocinar que nada daquilo fora real, mas apenas um sonho. Levantou e abriu inteiramente a janela do quarto. O ar frio inundou o ambiente, baixando a temperatura. Foi até a pia do banheiro, baixou o rosto e o lavou com água gelada; então, levantou a cabeça e, olhando para o espelho, pensou: "O que há de errado comigo? Por que esse sonho me persegue?" Abriu o armário do banheiro, pegou a medicação e tomou ali mesmo, com a água que jorrava da torneira; depois, enxugou o rosto, fechou o armário e se encarou novamente no espelho. Ficou ali durante alguns segundos examinando a face, fixando o olhar na tatuagem em torno do olho esquerdo, a mesma que lhe dera o apelido de *"Little Tyson"*, Pequeno Tyson, isso nos anos de rebeldia e pugilismo amador da universidade. Mas nem as aulas, nem os medicamentos, nem o boxe foram capazes de parar aquele constante pesadelo.

Ralf Barnes Bonadini tinha trinta anos, uma inteligência apurada e uma educação erudita, resultado dos melhores internatos do mundo. Era formado em conceituada universidade da Inglaterra e agora estava voltando para o Brasil, na tentativa de resolver o que o vinha incomodando por anos.

Era fácil perceber o aspecto narcisista do jovem Mr. Barnes, pois era assim que gostava de ser chamado, já que odiava o sobrenome do pai. Sua personalidade, cheia de contrastes, sempre chamava muito a atenção, desde a tatuagem em seu rosto até o terno elegante e bem-cortado.

O vaidoso Mr. Barnes, o único filho vivo dos Barnes Bonadini, era o orgulho do pai, apesar de seu temperamento, pois estava, havia anos, sendo preparado para assumir o controle dos negócios da família. Seus avós, já falecidos, eram imigrantes, e seu pai, desde pequeno, trabalhara duro, ajudando a família a fazer e a vender vassouras. A adolescência de seu pai foi marcada por desafios, principalmente quando se tornou arrimo de família com a doença de seus genitores. Trabalhava durante o dia e estudava em período noturno, para se formar técnico em química, e assumiu, já adulto, uma pequena empresa de produtos de limpeza que, com ambição, trabalho e golpes de sorte, resultou em uma das maiores indústrias químicas do país, recompensando seu esforço. Outra fonte de seus lucros eram os leilões de imóveis embargados pela justiça, que ele arrematava com lances mínimos, para serem vendidos posteriormente, usando das brechas da lei para aumentar seus lucros. Atualmente, com seus sessenta e três anos, ainda estava na ativa e havia se desfeito de parte das indústrias químicas para investir no ramo de energia sustentável, na costa nordeste, e na abertura de uma *holding* para administração de seus imóveis. Sua mãe, uma autêntica inglesa da família Barnes, vindo diretamente de Londres, tinha a pele bem clara, salpicada de minúsculas sardas por todo o corpo, os olhos claros. Era o elo mais sensível da família e estava sempre trancada no quarto, entre a escuridão e a penumbra, com o olhar distante, o semblante vago. Ela saía apenas durante a madrugada, para passear no jardim da casa em que moravam no Brasil. Seus empregados mantinham certa discrição sobre as tentativas de suicídio, mas suas estranhas atitudes não escapavam dos cochichos, pois a julgavam por louca. Algumas histórias davam conta de que era por causa da casa, já que foi logo que mudaram que a jovem praticamente não saiu mais do seu quarto. Muitos acreditavam em uma força estranha que a casa possuía, outros achavam que era por causa da escultura que ficava em frente da construção, que diziam ter sido feita pelo diabo. Segundo a crença dos assalariados, o diabo tentou enganar a Deus, com o truque de fazer um corpo humano, por meio de uma escultura, a fim de que pudesse usá-lo dando-lhe vida. Mas Deus havia descoberto suas reais intenções, bem no momento que ele estava para esculpir suas pernas; daí, então, Ele fez com que a pedra ficasse tão dura, que nem o diabo conseguiria esculpir, tendo assim de abandonar sua ideia e deixar a escultura. Foi aí que o demônio viu a senhora Barnes Bonadini passeando pelo jardim e se apaixonou, passando a viver em seu quarto e em seu corpo. Alguns, que não gostavam da arrogância e dos modos do jovem Mr. Barnes, diziam que ele era fruto dessa paixão e que, por isso, a mãe nunca gostava de vê-lo.

Essa história já havia sido a causa de muitas demissões na casa, pois o então menino Ralf, quando estava de férias no Brasil e a ouvia, sentia-se ridicularizado e, criança mimada que era, um pedido seu era facilmente atendido. Já garoto, Mr. Barnes apresentava sinais de incapacidade para lidar com as frustrações, tendo uma breve passagem pela polícia estrangeira, em que tudo fora abafado com algumas libras e a participação, por um ano, em programa de desenvolvimento emocional. Mas o que realmente desconcertava Mr. Barnes era que todo aquele folclore da escultura e do diabo trazia em si a verdade de sua dor, que era a de nunca ter sua mãe por perto, pois ela sempre o evitava. Nunca houve uma ligação entre os dois, nem mesmo quando estavam na mesma casa. Essa relação causava estranheza a todos e aumentava ainda mais os rumores.

Em retorno ao Brasil, nos períodos de férias, na sua infância e juventude, permanecia a maior parte do tempo com Oji. Foi ele quem o ensinou a nadar, a dirigir, a se divertir e também ensinou Ralf, desde pequeno, a se defender, usando técnicas de *muay thai*, o que lhe proporcionou um bom condicionamento físico, e aprimorando, anos mais tarde, a técnica com o boxe.

Oji era o secretário particular de seu pai, estando com ele desde os primeiros tempos. Nunca questionava a atitude do patrão e muito menos de sua patroa; sempre calmo e disciplinado, cumprimentava juntando as mãos em forma de oração e inclinando levemente a cabeça em sinal de respeito. Oji também o ensinou a deixar os sapatos do lado de fora do quarto, dizendo: "os caminhos e as preocupações que estiveram conosco durante o dia ficam do lado de fora e, assim, corpo, cabeça e alma estão livres para descansar".

À medida que ia se tornando adulto, Mr. Barnes descobriu, acidentalmente, que Oji tinha um significado próximo a "tio", portanto ele não sabia nem mesmo o nome correto de quem o havia educado. Resolveu deixar por isso mesmo, pois Oji tinha sido seu mentor, seu pai e sua mãe e, havia um bom tempo, não o via. Como será que ele estaria?

Já era hora de ir ao aeroporto.

Dentro de algumas horas, o filho do diabo estaria de volta ao Brasil.

3

Contornando o jardim, Jeremias avistou o possível escritório e, bem em frente, do lado de fora, falando ao celular, uma senhora que trajava um vestido azul-escuro, sem nenhuma joia, nem relógio, apenas um pequeno par de brincos. Os sapatos sustentavam as pernas finas e compridas, envolvidas por uma meia-calça branca, suavemente transparente. Era magra, tinha uma voz um tanto rouca, cabelo curto e grisalho. Apesar da idade mais avançada, era uma mulher que chamava a atenção, justamente pela singularidade e elegância.

Alguém assim, com tamanha segurança, só poderia ser a senhora Kíria.

Logo que notou a aproximação de Jeremias, desligou o celular e foi em sua direção, estendendo a mão para cumprimentá-lo.

– Muito prazer, você deve ser o motorista temporário que ficará no lugar de González. Sou Kíria, administradora do local. Seja bem-vindo à residência dos Barnes Bonadini.

– Muito prazer, senhora Kíria. Meu nome é Jeremias e estou à sua disposição.

Jeremias sentiu uma certa empatia com aquela senhora, que parecia ter algo de misterioso no olhar.

– Vamos até o escritório, vou lhe apresentar Manu. É ela quem vai cuidar de toda a papelada e falar-lhe sobre os procedimentos, além de lhe mostrar o local do alojamento dos funcionários.

No momento exato de abrir a porta, Kíria parou e, fixando o olhar em Jeremias, disse pausadamente:

– Peço que seja discreto. Tudo o que vir e ouvir fica aqui dentro. Seu trabalho será por apenas alguns dias. Não fale nem comente nenhuma questão pessoal com os patrões ou com qualquer outro funcionário. Seja profissional, compreendeu?

– Claramente.

– Agora, vamos entrar – abriu a porta e fez sinal de cortesia com a mão, indicando a ele que entrasse primeiro.

Assim que fechou a porta, Kíria chamou por Manu e, apresentando Jeremias a ela, fez a última consideração:

– Jeremias, a Manu vai lhe fornecer tudo o que precisar, inclusive uniformes. Todo dia, pela manhã, você deve pegar seu itinerário com ela. Caso não tenha, fique próximo aos carros na garagem e cuide que estejam em condições de uso imediato. E lembre-se: nunca entre dentro da casa sem ser chamado nem fique andando pelos jardins. Foi um prazer, senhor Jeremias – completou sua fala e estendeu a mão para o cumprimento de despedida.

– Prazer, e fique tranquila, senhora Kíria! – respondeu Jeremias, retribuindo o cumprimento.

Não podia imaginar que, dentro de alguns dias, estaria atônito diante da maior surpresa de sua vida e que encontraria novamente a senhora Kíria, mas de um jeito diferente, assustada, ríspida e sem nenhuma cortesia.

– Deixe os documentos comigo – disse Manu, indo se sentar por detrás de uma mesa. – Fique sossegado, aqui é muito tranquilo, e você vai se dar bem; a senhora Kíria é a nossa Margaret Thatcher, a "dama de ferro" dos Barnes Bonadini, numa versão mais bonita e moderna, é claro!

Jeremias apenas sorriu, enquanto se sentava em uma cadeira de frente para Manu, ficando em silêncio e demonstrando que tinha entendido perfeitamente as orientações da "dama de ferro".

Tão logo Manu conferiu os documentos, entregou a Jeremias as chaves do quarto, o crachá de identificação, um celular e, em seguida, advertiu-o de que nunca ficasse longe de nenhum desses três itens.

– Pronto! Agora, caminhemos. Vou levá-lo ao seu quarto, que será o mesmo do González. Fica nos fundos do escritório, mas temos de sair pela frente e contornar o jardim. Vamos?

– Vamos! – respondeu Jeremias, já ficando em pé.

Assim que estavam na parte de fora do escritório, Manu continuou:

– Em seu quarto, deixe sua maleta e, em seguida, vamos almoçar. Após o almoço, experimente os ternos e os uniformes e me avise se precisarem de reparos. Você começará nesta madrugada, indo buscar no aeroporto o senhor Ralf, filho do senhor Lúcio Bonadini e da senhora Ellen Barnes Bonadini. Nesses sessenta dias, este talvez seja o seu serviço mais dífícil, pois o senhor está sendo contratado para ser motorista da senhora Ellen e de eventuais emergências.

– Por que você diz que é o serviço mais difícil?

– Porque o senhor Ralf, ou melhor dizendo, Mr. Barnes, que é assim que ele gosta que o chamem, é um pouco temperamental, tem o nariz empinado de quem nunca teve que se esforçar para ter tudo o que a vida lhe deu. Normalmente, quem vai buscá-lo é o senhor Oji, que é o secretário pessoal do senhor Bonadini, mas ele está viajando com o patrão. Então, pode ser que o garoto mimado fique irritado quando vir que um desconhecido qualquer, no caso você, é que foi buscá-lo, e não o senhor Oji. Você, provavelmente, levará uma "patada" do rapaz.

Novamente, Jeremias apenas sorriu.

– E ser motorista da senhora Ellen é mais fácil?

– Senhora Bonadini, não se esqueça disso! – disse corrigindo-o. – Só falei isso porque a senhora Bonadini quase nunca sai do seu quarto, muito menos da casa, somente em momentos especiais. Por isso, acredito que a maior parte de seus dias aqui será na garagem, lustrando os carros.

Caminharam mais alguns metros, e Manu sorriu, olhando para Jeremias.

– Chegamos – disse enquanto apontava para uma das portas do conjunto de quartos, que mais pareciam quitinetes, todas com pequenas janelas voltadas para fora, em um corredor, próximo ao muro que fazia divisa com o casarão.

Assim que abriu a porta, Jeremias olhou rapidamente o pequeno quarto, deixou sua maleta e, trancando-o novamente, saiu. Manu continuou:

– Agora, sim, teremos de fazer uma bela caminhada. Iremos à cozinha, que fica do outro lado, mas, antes, vamos passar pela garagem. As chaves dos carros ficam no contato, todos são blindados, preocupação com sequestro.

– Vou redobrar a atenção.

– Faça isso.

A vegetação alta do jardim, muitas vezes, formava um pequeno labirinto, impedindo a visão do casarão por inteiro, e pequenas fontes marcavam a localização por onde Manu ciceroneava o visitante, explicando cada área com detalhes. Passaram pela garagem e foram em direção ao refeitório, que ficava conjugado à cozinha principal.

– Posso fazer uma pergunta? – solicitou Jeremias.

– Claro!

– Quem fez aquela escultura grande, na frente da casa?

– Você quer saber a verdade ou a fantasia?

– A verdade.

– Não sei. Fiquei com a fantasia na minha cabeça por tanto tempo, que nem me preocupei com a verdade.

Um cheiro agridoce, uma mistura de ervas com algum tipo de assado, inundava o local, dando boas-vindas. Manu aproveitou que a maioria dos funcionários estava ali e iniciou a apresentação de Jeremias como o motorista provisório, até o retorno do colega González. De cada grupo que se aproximava, o assunto era o mesmo, o retorno do herdeiro dos Barnes Bonadini, que era associado com a mudança no clima da casa, uma espécie de mal-estar geral, uma sombra que rondava o lugar, já que todos ali tinham medo daquela figura estranha.

Bem ao canto, rindo para si mesmo, o senhor Odilon parecia se divertir com os comentários que ouvia.

– Todos parecem muito tensos, menos o senhor Odilon – disse Jeremias, em voz baixa, enquanto ele e Manu se serviam dos alimentos no bufê térmico.

– Você conhece o Odilon? Podemos nos sentar com ele.

– Se é o que você deseja – respondeu Jeremias, seguindo Manu.

Odilon, percebendo a aproximação dos dois, largou os talheres e engoliu depressa a comida, dizendo em seguida:

– Odilon Conti, meu rapaz, espero que não tenha se zangado com minha galhofa. Sentem-se.

– Seu Odilon, este é...

– Jeremias Cruz. Eu guardo o nome de todos que passam por aquela portaria, senhorita Manu – disse, olhando por cima dos óculos.

– O senhor Odilon tem uma memória incrível, além da dicção. Ele foi locutor de rádio, sabia? – disse Manu, virando-se para Jeremias.

– Cresci ouvindo as radionovelas – continuou Odilon. – Entrei ainda garoto na rádio, aprendi muito, cheguei a ser repórter de rua, tive um programa noturno de música romântica e sonhava acordado com um mundo melhor. Acabei meus dias sendo um cuco, informando a hora certa na rádio. Hoje, sou aposentado e preciso desse serviço para viver. Tornei-me, por profissão, o que mais detestava na vida: vigia e lambe-botas do patrão. – E, apontando o garfo para Jeremias, continuou: – Por isso, senhor, não diga "dessa água não beberei".

– Jamais! – respondeu Jeremias.

O celular de Manu tocou, informando-a da chegada de uma mensagem. Ao olhar, foi se levantando da mesa.

– Preciso ir.

– Mas você nem almoçou, menina! – disse Odilon.

– O dever me chama!

– A "dama de ferro" não a deixa nem comer direito, não é mesmo?

– Não se preocupe, estou sem fome. Jeremias, fique em companhia de Odilon. Depois, vá ao seu quarto e faça como combinamos. Passe no escritório ao final da tarde, para acertarmos os detalhes de amanhã. O voo do senhor Barnes chega às quatro horas da madrugada. Descanse.

– Amanhã é o grande dia! – disse Odilon, sorrindo.

Manu se despediu, mas não sem antes recomendar ao porteiro:

– Veja o que você fala ao principiante.

– Senhorita Manu, desse jeito ficarei ofendido, toma-me por fofoqueiro?

– E, Jeremias – continuou Manu –, só mais uma coisa. Eu vi o maço de cigarros em seu paletó. Aqui, dentro desta casa, ninguém fuma. Até os gatos são treinados para miarem quando sentem o cheiro de nicotina.

– E como miam – disse Odilon, em tom de sarcasmo.

– Fique tranquila. Esses sessenta dias passarão sem nenhum problema.

Assim que Manu saiu do refeitório, Jeremias se virou para Odilon e perguntou:

– O que há de tão errado com o senhor Barnes?

– Com ele? Nada. O problema é que todos gostariam de ter o que ele tem.

E, raspando o prato, continuou:

– Como dizia Charles Baudelaire: "A vida é um hospital, onde cada enfermo tem o desejo de trocar de cama".

E, levantando-se da mesa, colocou a mão no ombro de Jeremias e disse, sussurrando em seus ouvidos:

– Ninguém está preocupado em deixar o hospital!

4

Diante de uma lua coberta pela fina névoa da madrugada, Jeremias olhou para o relógio e viu que ainda era uma hora. Já havia ligado e desligado o motor do carro várias vezes. Tudo estava pronto. O silêncio da noite e a ansiedade de buscar Mr. Barnes no aeroporto convidavam-no para uma volta pelo jardim. Se possível, bem longe dos quartos da casa e, principalmente, dos gatos.

Tentou afastar-se da casa o máximo que pôde. Quando se deu conta, estava próximo da grande estátua do escultor. Aproximou-se do lado mais escuro, puxou um cigarro do bolso, colocou-o na boca e foi só aí que ouviu passos do lado oposto. Procurou se esconder, bem rente à base da estátua. Os passos pararam, e ele ouviu uma voz de mulher dizer:

– Você está aí?

Seu coração disparou. Quando ia sair de trás da estátua e responder à pergunta, ouviu novamente:

– Senti saudades. Quanto tempo não nos vemos...

Percebeu que alguém conversava, mas não era com ele.

– Meu coração dói muito! Eu não consigo esquecer.

O único desejo de Jeremias era desaparecer. "Malditos cigarros."

– Eu não consigo! – dizia sempre a mesma voz, quase chorando.

Jeremias apurou os ouvidos na tentativa de descobrir se realmente havia mais alguém ali ou se aquela senhora estava falando consigo mesma.

– Não, não, não, eu não quero fazer isso! Você não pode me obrigar a isso.

Percebeu que a mulher estava se irritando e começava a falar em voz alta, espaçando as palavras entre o choro e a raiva.

– Nunca, nunca, nunca!

Os gritos da mulher assustaram Jeremias, que ficou parado sem saber o que fazer. Foi quando ouviu outra voz, desta vez conhecida, e estava próxima.

– Senhora, sou eu, Kíria. Vamos voltar para dentro da casa?

Jeremias sentiu o corpo gelar ao reconhecer a voz da governanta e, com cuidado e sem nenhum barulho, tentou espiar o que acontecia.

Quando conseguiu, alguns segundos depois, avistou o que pareciam ser duas mulheres, de costas e de braços dados, subindo os degraus da entrada principal do casarão. Uma de cabelo curto e a outra de cabelos longos e despenteados.

"Será que essa é a senhora Bonadini? E com quem conversava?" – indagou-se em pensamento.

Tinha que sair dali o mais rápido possível, para que nenhum segurança o visse. Com destreza, foi direto à garagem. Sua boca estava seca. Tomou água e esperou alguns minutos, até reparar que as luzes da entrada tinham sido apagadas. Ligou o carro e saiu. Só se sentiu confortável quando passou pela portaria da avenida. Baixou todos os vidros e deixou que o ar da madrugada revigorasse seu corpo, enquanto as luzes de vapor de mercúrio abriam caminho rumo ao aeroporto.

Dentro do casarão, a senhora Kíria descortinava o dossel da cama e arrumava os lençóis e travesseiros enquanto a patroa permanecia sentada em uma das poltronas do quarto, com o olhar em transe, distante da realidade. Apenas a luminária, que ficava próxima à cabeceira, estava acesa.

O quarto da senhora Ellen era muito espaçoso, decorado em estilo vitoriano, forrado com papel de parede, cortinas de veludo, e mobiliário que parecia ter vindo direto da Inglaterra. Pendurado nas paredes e sobre os móveis, muitos porta-retratos de vários tamanhos, e um piano esquecido no canto, ante o olhar de uma bailarina imóvel, em um quadro de Edgar Degas. Ali poderia, perfeitamente, ser o cenário de um filme de época, se tudo já não estivesse sem vida, o que tornava o local lúgubre e sufocado.

– Venha se deitar, senhora – pediu Kíria. E, enquanto cobria a patroa, continuou:

– Descanse. Tudo não passou de um sonho, amanhã estará melhor.

Kíria olhava a mulher que era dez anos mais nova do que ela, mas, julgando pela aparência, ninguém diria isso, pois envelhecera depressa, deixando na memória e nas fotografias a imagem daquela moça, que tinha conhecido quando veio trabalhar no casarão.

Trinta anos já haviam se passado. Uma vida inteira dedicada aos Bonadini. Mesmo com a diferença na aparência, Kíria se reconhecia nas rugas que marcavam o rosto da senhora Bonadini e pensava:

"Jamais imaginaria que pagaríamos um preço tão caro assim. Como é difícil chegar à nossa idade sem arrependimentos. Quantas vezes tropeçamos em nós mesmos... Se não fosse por Lúcio, você já estaria internada. De que vale a nossa vida, se não podemos encarar o nosso passado? Dizem que o tempo cura tudo, será verdade? Ou será que ele apenas nos consome?"

Kíria se levantou e, enquanto se afastava, indo em direção à porta do quarto, ouviu um sussurro, de pronúncia conhecida:

— *Rameira!*

Aquele insulto inesperado fez com que Kíria ficasse sem ação por alguns segundos. Quem mais estaria ali?

Virou-se, recobrando a razão, e, desconfiada de sua fértil imaginação, acendeu as luzes. No quarto, silêncio apenas, não havia mais ninguém. Olhou demoradamente para a senhora Bonadini, que parecia um cadáver em seu ataúde, investigou cada canto do aposento e saiu, apagando as luzes.

*

A temperatura da madrugada caía rapidamente, o nevoeiro aumentava à medida que o carro se distanciava dos bairros e entrava em região de mata, a caminho do aeroporto.

Jeremias não parava de pensar nos gritos daquela mulher.

"Com certeza, ela é a senhora Bonadini."

Agora ficava mais fácil de entender os boatos que corriam pelo casarão.

Parou o carro em um estacionamento, próximo à área de desembarque. Pegou o envelope que Manu tinha lhe entregue com as orientações sobre o voo, uma foto do pupilo e um papel escrito: Mr. BARNES.

Pegou novamente a foto e ficou olhando, seria impossível não reconhecê-lo, principalmente com aquela tatuagem em volta do olho.

Depois de um longo tempo de espera, entre cochilos e cafés, Jeremias estava a postos no saguão, aguardando o desembarque.

Foi fácil identificar o homem com aquela aparência, como também este perceber Jeremias, que vinha em sua direção segurando o papel com seu nome.

– Onde está Oji? – perguntou Mr. Barnes ao se aproximar.

– Em viagem com seu pai, senhor. Sou Jeremias Cruz, substituto do González.

– E o carro?

– No subsolo.

– Vá buscar, e leve minhas bagagens, estarei na frente do aeroporto.

O caminho de volta para o casarão foi tranquilo, pois, para alívio de Jeremias, o passageiro não lhe dirigiu a palavra. Quando chegaram à portaria da Vereda Houdini, Mr. Barnes pediu a Jeremias que parasse o carro, pois queria descer e ir caminhando até a padaria que ficava a uns trezentos metros de distância.

– Deixe a bagagem em meu quarto, mas, antes de entrar, tire os seus sapatos.

– Precisa que o acompanhe, Mr. Barnes?

Jeremias apenas ouviu a porta do carro bater e, em seguida, viu o senhor Barnes afastar-se rapidamente do carro.

A padaria já estava aberta e, no balcão, um homem tomava um pingado e comia um pastel de belém. O senhor Barnes se aproximou, pediu um suco de tomate e, em seguida, acenando com a cabeça para o homem que estava ao seu lado, falou:

– Conheci o senhor Jeremias Cruz. Tem certeza de que é ele?

— O González jura que sim! — respondeu o homem, tomando mais um gole do pingado.

— E Jeremias sabe de alguma coisa?

— Nem desconfia — disse o homem, limpando a boca e os dedos com um guardanapo de papel.

— Melhor assim.

— O que pretende?

— Por ora, dormir — revelou Mr. Barnes, tirando do bolso uma certa quantia em dinheiro e entregando ao homem. — Obrigado pelos seus serviços — completou.

5

Enquanto Jeremias estacionava o carro na garagem, Manu surgiu apavorada, pois não percebeu que Mr. Barnes não estava no carro, devido aos vidros escuros, e somente descobriu quando o motorista desceu e lhe informou:

— Ele disse que ia até a padaria. Não quis companhia.

Aliviada, Manu respondeu:

– Ainda bem! Senão estaríamos mortos. Nunca traga o Mr. Barnes até a garagem. Pare sempre em frente do casarão. Vou pegar a bagagem e levar ao quarto.

– Mr. Barnes pediu que não entrasse de sapatos em seu quarto.

– Eu trabalho aqui há mais tempo que você e sei muito bem disso – retrucou Manu.

– Se quiser, posso ajudá-la.

– Nunca entre dentro da casa sem ser chamado, lembra-se dessa regra? Agora, vá para o seu quarto. Você só tem compromisso às quatorze horas. A senhora Kíria acompanhará a senhora Bonadini ao hospital, para consulta com seu médico de confiança. Almoce mais cedo e, depois, passe pelo escritório para pegar o endereço. Deixe tudo impecável, até a temperatura dentro do carro, e não se atreva a conversar com elas.

– Estarei pronto. Aconteceu alguma coisa?

– Não é nada. Fico um pouco mal-humorada quando acordo tão cedo.

*

Às quatorze horas em ponto, as duas mulheres estavam dentro do carro, indo em direção ao hospital. Kíria usava seu traje característico, já a senhora Ellen Bonadini tinha o cabelo preso por baixo de um chapéu e trajava um vestido de manga longa e um delicado xale de linho ao redor de seu pescoço, descendo sobre o vestido. Ela também usava óculos escuros, desses grandes que cobrem todo o rosto.

Pelo retrovisor, Jeremias notou que a senhora Bonadini falava aos ouvidos da senhora Kíria e, em seguida, ouviu esta dizer:

– González tirou dois meses de licença e foi ele próprio quem indicou o senhor Jeremias. Logo, González voltará.

Chegando ao hospital, o carro subiu a rampa principal e parou em frente à recepção. Um jovem recepcionista, que cuidava da entrada, abriu a porta do veículo para as duas senhoras descerem dele. Antes que Kíria saísse por completo, ordenou a Jeremias:

– Estacione ao lado e aguarde no carro. Ligo assim que terminarmos.

*

Quase duas horas haviam se passado quando o celular tocou. Jeremias atendeu à ligação e ouviu a voz da senhora Kíria perguntando:

– A senhora Bonadini já está no carro?

– Não! Os exames terminaram?

– Vá até a recepção e fique de olho. Se encontrá-la, leve-a para o carro e me ligue.

– Entendido.

Chegando à recepção, Jeremias olhou com atenção e perguntou ao recepcionista pela senhora Bonadini, mas ele também não tinha visto ninguém com a descrição dela. Pelo sistema, ela ainda estava no prédio, pois não havia passado pela catraca de saída.

Jeremias aguardou, conforme pedido de Kíria.

Dois lances acima da sala de exames, a senhora Bonadini olhava, através de um vidro, uma grande vitrina de bebês, todos enrolados em forma de pacotes, separados em pequenos cestos transparentes.

Com a ponta de um dos dedos, acariciava o

vidro como se tocasse cada bebê. Não notou que, ao seu lado, outra mulher, um pouco mais velha, fazia algo parecido, mandando beijos, com a ponta dos dedos, para um daqueles pequeninos.

– É minha primeira neta! Aquela ali do canto, fazendo biquinho enquanto dorme – disse a desconhecida, apontando para o vidro.

– É linda!

– E o seu qual é? – perguntou, voltando a olhar para o vidro.

– Hein?!

– Vejo que você está olhando com tanto carinho, é algum parente?

– Não, apenas gosto de me lembrar...

– Eu sei, eu também. Mas ela não é linda mesmo? "Benzadeus"!

– E por que será que Ele fez isso comigo? – perguntou a senhora Bonadini, ainda olhando para o vidro.

– Desculpe, minha querida, não entendi.

– Deus. Por que levar nossos filhos? Será que sou tão má assim? Não é castigo demais? Por que levar um inocente e deixar-me aqui? Parece que ninguém entende essa minha dor. Sinto-me perdida...

Um silêncio momentâneo varreu aquelas duas mulheres para bem longe, como se tivessem sido levadas para outro lugar, um ponto obscuro na existência, marcado por profundas dores. Os olhares de ambas se encontraram no reflexo do vidro, quando despertaram do transe. A desconhecida, então, quebrou aquele torpor:

– Minha querida, Deus não castiga ninguém e, em se tratando de dor, Ele sabe que é preciso tempo e compaixão. Além do mais, ninguém está preparado para essa dor. Por muitos anos, minha vida também foi reviver o passado em busca de respostas que pudessem arrancar a dor e o vazio de meu coração... Sinto muita saudade... Em um instante, eles estavam aqui e, de repente... Não tivemos mais tempo algum... Eles se foram sem mim...

– Quanto tempo isso ainda vai durar? Doutor Medeiros me disse que tenho que superar – confessou a senhora Bonadini.

— Acabei compreendendo que seguir em frente não significava esquecer o passado ou deixar de ser mãe, apenas continuar, dia após dia. Em busca de respostas, acabei me deparando com pessoas que também tinham vivido dores semelhantes e estavam dispostas apenas a me ouvirem. A dor ainda existe, porém não me sinto mais sozinha. Isso me fortalece nos momentos em que a saudade aperta, até nosso reencontro...

— Acredita nisso?

— Acredito que ninguém se perde de ninguém — e, despertando das lembranças que a saudade trazia, esboçou um leve sorriso e estendeu a mão, dizendo:

— Permita que me apresente, sou Mercedes.

A senhora Bonadini, com a cabeça baixa, olhando para o chão, não conseguia encarar aquela senhora e, com uma respiração sôfrega, respondeu:

— Sou Ellen.

Bastaram alguns segundos para que Ellen Bonadini se desculpasse e saísse correndo, sem se despedir, em direção aos elevadores.

Assim que as portas do elevador se abriram no saguão da recepção, a senhora Bonadini saiu e, apoiando-se na parede, procurou um lugar para se sentar. Em seguida, começou a chorar. Jeremias a viu, telefonou para Kíria e, em poucos minutos, os três já estavam no carro, em completo silêncio, voltando para o casarão.

*

O Sol já estava se pondo quando o carro parou defronte das escadarias, e Jeremias desceu para abrir a porta às senhoras. Kíria saiu primeiro e estendeu a mão p'ara a senhora Bonadini. Quando voltava para tirar o carro, Jeremias viu a mesma cena que tinha visto na madrugada, só que agora com mais nitidez: a senhora Kíria e a senhora Bonadini, de braços dados, subindo a escada da entrada. Percebeu que a senhora Bonadini mancava levemente ao caminhar. Após alguns degraus, ainda apoiada na governanta, ela retirou os sapatos e o chapéu da cabeça e os entregou à amiga, para serem levados. Só então Jeremias reparou, sem querer acreditar, que a senhora Bonadini era ruiva.

6

Foram apenas alguns momentos em seu quarto. Jeremias ainda estava de uniforme, sentado em sua cama, incomodado com imagens do passado que insistiam em não deixá-lo descansar, quando tocou o telefone do ramal interno. Era Manu, aos berros:

– Jeremias, venha rápido para o quarto da senhora Bonadini!

– Onde fica isso?

– Entre na casa. Corra!

Jeremias se levantou da cama e disparou em direção ao casarão. Assim que entrou pelo refeitório, encontrou Manu pálida e ofegante:

– Ande. Venha, é por aqui. Precisamos de um homem forte.

Alguns funcionários acharam estranha a movimentação. Manu praticamente arrastava Jeremias pelas mãos. Subiram as escadas, pulando alguns degraus, e pararam em frente ao quarto, quando a senhora Kíria abriu a porta e puxou Jeremias para dentro, ordenando, em seguida, a Manu:

– Pegue o carro, pare em frente à casa e abra as portas!

Manu voltou para a escada e foi correndo em direção à garagem.

Kíria apontou o fundo do quarto para Jeremias, e ele, ao se aproximar da cama, viu a senhora Bonadini desmaiada, segurando um porta-retratos contra o peito. Kíria se abaixou e verificou novamente que a pulsação dela se encontrava fraca, quase imperceptível. Jeremias tirou o porta-retratos que ela segurava e, num instante, como um reflexo, cravou os olhos na foto, na qual a senhora Bonadini sorria, ainda jovem, posando com um bebê junto ao colo, enquanto outra criança brincava de se equilibrar, segurando a sua mão. O tempo parou para Jeremias quando, olhando à sua volta, reparou várias fotos espalhadas pelos móveis e paredes; sentiu o mundo girar e deixou o porta-retratos cair. Sua vista escureceu e a única coisa em que pensou foi: "São eles!".

Quando voltou a si, sentiu que a senhora Kíria chacoalhava seu ombro e lhe desferia uma bofetada no rosto:

– Jeremias, não é hora de se amedrontar, seja homem. Tire ela daqui, seu inútil! Salve a senhora Bonadini antes que seja tarde.

Recobrando a lucidez, viu o corpo inerte e sem cor, reparou nas pequenas cicatrizes pelos braços, num claro sinal de automutilação, e uma ainda maior que riscava sua perna até o pé, provavelmente resultado de cirurgia.

Agachou e, virando o corpo da senhora Bonadini com cuidado, pegou uma coberta e a cobriu. Em seguida, carregou-a em seus braços, levando-a para a frente do casarão, onde Manu os esperava com o carro ligado e as portas abertas. Kíria sentou no banco detrás, Jeremias, então, posicionou o corpo da senhora Bonadini, tomando o cuidado de descansar a cabeça dela no colo de Kíria e, olhando para a "dama de ferro", falou apressadamente:

– Cuidado para que ela não engasgue.

Em seguida, assumiu a direção e seguiram a caminho do hospital daquela tarde.

Manu já sabia o protocolo: deveria assegurar a normalidade da casa e divulgar que tudo não passara de uma queda de pressão ou pico do diabetes. Teria que dissimular a tentativa de suicídio, pois, assim, talvez conseguisse controlar os falatórios e as histórias de diabo entre os funcionários.

De uma coisa Manu tinha certeza: "Mais uma noite sem dormir".

Em poucos minutos, a senhora Bonadini já estava recebendo os cuidados de uma equipe médica.

Na sala de espera, Kíria e Jeremias tentavam se recompor do susto, enquanto aguardavam por notícias.

Kíria percebeu que Jeremias ainda tremia. Sentou-se ao seu lado e, em um tom desconfiado, segurando com força o braço do motorista, perguntou:

– O que deu em você?

– O quê? – perguntou, libertando o braço por instinto.

Olhando nos olhos de Jeremias, a "dama de ferro" disse, irritada:

— O mal de todo esperto é pensar que o mundo é besta! Não me enrole!

— Acho que ela me fez recordar uma pessoa que conheci... Não sei, fiquei um pouco tonto, afinal, ela parecia morta, e aqueles porta-retratos com crianças...

— São os filhos da senhora Bonadini.

— Não é melhor avisá-los?

— Não. Ela e Mr. Barnes mal se falam e, certamente, ela não gostaria de vê-lo aqui.

— E a outra criança?

— Lilly? Está morta!

— Morta?

— Sim, quando vim trabalhar no casarão, ela já havia falecido.

Jeremias ficou lívido e argumentou subitamente.

— Senhora Kíria, acredito que seria melhor outra pessoa nesse período de afastamento do González. Eu nem sou motorista, e a empresa tem gente muito competente.

— Por favor, chega de dramas por hoje. Tenho mais coisas com que me preocupar. Você não tem?

Jeremias titubeou e respondeu:

– Sim, vamos rezar por ela, para que tudo corra bem – alegou Jeremias, refugiando-se próximo a um bebedouro.

"Rezar? Era só o que me faltava!" – pensou Kíria, desejando esbravejar, entrar no CTI e chacoalhar a patroa de tantos anos, mas conteve seu pensamento assim que percebeu que Jeremias lhe oferecia um copo d'água.

Tempo depois, chegou o doutor Medeiros, dizendo que os procedimentos emergenciais tinham ocorrido bem e que, dentro de alguns momentos, a senhora Bonadini seria transferida para o quarto, e que tudo dependeria da resposta de seu organismo.

– Aconselho a vocês que voltem para casa.

– Tenho de voltar e avisar, com detalhes, o senhor Lúcio. Jeremias, vou pedir a você que fique aguardando ela acordar; volto assim que puder.

*

Ainda na sala de recuperação, a senhora Bonadini abria lentamente os olhos e, antes de perceber onde estava, sentiu uma dor de cabeça insuportável, que a fez fechá-los novamente.

– Descanse.

"Essa voz..." – pensou Ellen – "É ele!"

– Sim, sou eu. Trouxe amigos que muito queriam vê-la e que estão nos ajudando. Mas não se esforce. Talvez, você não consiga vê-los, mas eles estão aqui, cuidando de nós!

A senhora Bonadini fixou-se na voz e viu seu amigo sorrindo e mais alguns borrões em forma de luz.

– Além deles, muitos outros estão conosco, só que eu também não consigo vê-los, mas posso ouvi-los. Estão dizendo que seu corpo é bênção divina, portanto, não dê guarida a conflitos e a tormentos desnecessários; fazer de seu corpo um santuário ou uma caverna depende de você. Ame, Ellen, chega de sofrer. Liberte-se da mágoa saindo de si mesma. Nenhuma dor é capaz de sufocar outra dor. Perdoe-se.

Naquele momento, a senhora Bonadini sentiu um alívio intenso, a enxaqueca desapareceu, e passou a perceber seu corpo como se estivesse envolvido em água morna, o que promoveu um profundo relaxamento, que a fez dormir.

*

A porta automática da recepção se abriu, e Kíria respirou aliviada ao sair.

Na sala de espera, Jeremias estava se sentindo sufocado, faltava-lhe o ar. A sensação de formigamento ardia por toda a extremidade de seu crânio.

"Senhor, não me deixe só nesta hora tão difícil" – rogou.

7

Sentiu nos pés a sensação de terra fresca. Olhou para a frente e viu uma casa. As janelas eram de madeira, as paredes tinham pintura desbotada. O cheiro de lenha queimando, a cinzenta fumaça saindo da velha chaminé, remetiam a uma nostalgia desconhecida. Aproximou-se daquela *cena e reconheceu os degraus da soleira da porta. Era ali que costumava ver o homem sentado. No umbral, o canivete abandonado e uma caneca com resto de café marcavam o limiar entre a luz do dia e a escuridão da casa. Não conseguia enxergar, mas pressentia que alguém o espiava...*

Quando abriu os olhos, viu Oji ao pé da cama.

– Hora de se levantar, *Little Tyson*.

– Oji, que susto! O que faz aqui? Achei que estivesse com meu pai no Nordeste – disse isso sentando-se na cama e esfregando os olhos.

– Estava sim. Acabei de chegar. Seu pai me pediu que viesse buscá-lo.

– Buscar? Quer que eu vá para o Nordeste? Qual é, Oji? – questionou e voltou a se deitar.

– É sério! Está na hora de começar a trabalhar. Vamos?

– Acabei de chegar, estou há menos de dois dias no Brasil e tenho outros compromissos. Ele deveria ter me ligado antes, assim você não perderia a viagem.

– Ele não ligou porque já sabia o que você

diria. Por isso me pediu que viesse. E você sabe que nunca deixei de cumprir uma ordem de seu pai.

– Sinto muito, Oji, no momento tenho contas a acertar.

– Que contas são essas? Com seu travesseiro?

– Contas que essa família deveria ter acertado há muito tempo! – respondeu, voltando a se deitar.

– Pois, então, deixe essas contas para a semana que vem, agora é hora de irmos. Vista-se. Faça uma pequena mala. Eu o espero lá embaixo, em frente à casa. Tomaremos café da manhã no aeroporto.

– Oji...

– E rápido, já comprei as passagens e não quero perder o voo, e muito menos decepcionar seu pai.

– Oji...

– Vamos, garoto, saia dessa cama! – ordenou, virando-se na direção de Mr. Barnes.

– Fico feliz em vê-lo, estava com saudade! –

e, juntando as mãos, fez sinal de reverência, inclinando a cabeça para o chão.

— Feliz também, meu menino — falou, devolvendo a reverência.

Assim que Oji saiu do quarto, Mr. Barnes se levantou e foi para o chuveiro a contragosto. Seu pai sabia que ele não negaria um pedido de Oji. Enquanto tomava banho, inesperadamente começou a se recordar do sonho, aquela foi a primeira vez que o homem não apareceu nele...

*

Quando chegou ao escritório do casarão, Oji recebeu de Kíria os detalhes do ocorrido na noite anterior.

— O senhor Lúcio, após seu telefonema, pediu-me que viesse buscar o menino, na intenção de preservar o emocional do garoto.

— Garoto? — interrompeu Kíria, com sarcasmo.

Oji deu de ombros e continuou:

— O senhor Lúcio também já conversou com o doutor Medeiros e tomou ciência do prognóstico.

– Você vai contar ao Mr. Barnes, Oji?

– Não, ninguém deve contar. Como das outras vezes, o senhor Lúcio é quem dará a notícia. Mas, diga-me, foi o novo motorista quem a salvou?

– Foi.

– Que ironia... Justo o funcionário novo.

– O que você quis dizer?

– Ué, logo de início, já se depara com isso! – tentou explicar Oji.

– Não dou mais conta disso, Oji... Quero paz.

– Ô, nem pense em desanimar, a nova *holding* já está quase pronta, e teremos participações nela. Tudo está indo bem. Já estamos vendo algumas casas por lá. Logo, o senhor Lúcio estará de volta. Todos nós poderemos recomeçar, longe desses comentários e crendices.

– Eu não vou, e você sabe disso.

– Você é teimosa. Ainda esperando que ele a procure? O senhor Lúcio não vai deixar.

Tentando encerrar a conversa, Kíria mudou de assunto.

– Quer que eu peça para alguém levar vocês

ao aeroporto? Pedi a Jeremias que ficasse no hospital, aguardando a senhora Ellen despertar.

– Fez bem. Vão entregar uma orquídea garça branca no hospital, com um cartão do senhor Lúcio para a senhora Bonadini, explicando sua ausência.

– Compreendi... os negócios... – respondeu Kíria, com certo deboche.

– Diga ao seu novo motorista que fique por lá e que vá lhe dando notícias. Não o deixe sair de lá por enquanto, certo?

– Certo, farei isso. Mas e vocês?

– Já pedi ao Flores que nos leve ao aeroporto, inclusive ele já deve estar posicionado em frente à casa, esperando-nos. Esfrie os comentários.

– É o que sempre faço.

– Ânimo, mulher, e ligue se precisar de alguma coisa. Agora, deixe-me apressar aquele pequeno diabo, senão perderemos o voo.

Quando Kíria voltou para o escritório, encontrou Manu ao telefone, finalizando a conversa:

– Transmitirei a ela as informações. Tenha um bom dia, senhor Odilon!

– O que o Odilon quer? – perguntou Kíria.

– Alguns moradores estão insatisfeitos com o aumento de ambulantes do outro lado da rua.

– E daí?

– Daí que ele foi reclamar com os ambulantes...

– E...

– Eles agora estão transferindo suas barracas para a calçada da portaria. Na frente da Vereda, está um caos.

– Diga a ele que chame a polícia! O dia mal começou, e Odilon já está aprontando, e você, menina, vá lavar esse rosto e cubra as olheiras com maquiagem, sua aparência está péssima – e, virando as costas, saiu do escritório.

Foram apenas alguns passos, e Kíria sentiu o celular vibrar, olhou e viu que era Oji, e atendeu logo, dizendo:

– Já estou indo conter o falatório!

– Kíria, você viu o menino Barnes?

– Achei que estivesse com você, indo para o aeroporto.

– Não, ele sumiu! – disse, contrariado.

– Sumiu?

– Saiu sem deixar notícias. Ele não podia ter feito isso! – respondeu, deixando extravasar sua indignação.

– Já verificou se ele passou pela portaria?

– Claro que sim! Odilon disse que não viu ninguém por causa de uma confusão que há lá fora. Vou tentar encontrá-lo e, se souber de alguma coisa, avise-me – e desligou, sem esperar resposta.

"Calma Kíria, é apenas uma situação passageira. Nada é definitivo" – refletia consigo mesma a governanta, buscando um equilíbrio interior.

Na cozinha do casarão, o falatório era um só, o diabo tentara levar novamente a senhora Bonadini.

"Aquela pobre precisa se benzer!"

"É o filho do diabo que voltou para levar a mãe."

"Enquanto aquela escultura estiver lá fora, esta casa será sempre um inferno."

"Com esse luxo e conforto? Quem me dera! Ia aproveitar todos os dias!"

"Não diga bobagem, Terezinha! Deus me livre!"

"Eu já vi o diabo no quarto dela."

"Nem me fale essas coisas, que fico impressionada."

"Judiação, é fraca da cabeça."

"Isso é culpa do senhor Lúcio, que só pensa em amontoar dinheiro."

"Imagine! Ele só quer ajudar. Um homem distinto, nunca abusou de ninguém, paga sempre em dia."

"Não me faça rir, isso é obrigação, não bondade. Se cumprir com as obrigações nos tornasse santos, nós seríamos as primeiras. Aquele homem e o pecado são um só. Ele, sim, é o diabo! Fácil dar quando se tem! Não pense que ele se importa conosco."

– Você tem razão – retrucou a "dama de

ferro", que acabava de entrar no recinto. – É mais fácil dar quando se tem, e o que você tem para dar? Diga-me.

A funcionária, constrangida, recuou.

– Caso alguns de vocês virem algo no senhor Lúcio que os incomode, é melhor que peçam a conta e procurem um patrão melhor. O senhor Lúcio é um homem justo, ele vai entender.

E continuou, falando pausadamente e andando entre os empregados:

– Como todos devem saber, a senhora Bonadini teve mais uma crise. Não é novidade para ninguém que ela está doente. É a última vez que aviso a vocês que devem parar de fazer esses comentários supersticiosos e de acreditar em fantasias; esses falatórios só atrapalham. Querem o melhor para a senhora Bonadini? Pois deem o melhor! Se eu ouvir mais alguma história sobre estátua, filho do diabo ou qualquer outra coisa da mente doentia de desocupados, prometo a vocês que demito todo mundo; portanto, bico calado com os acontecimentos da vida particular de nossos patrões. O senhor Lúcio logo estará de volta e saberá recompensar, com mérito, aqueles que colaborarem.

Assim que Kíria terminou de falar, Manu entrou apressada no refeitório.

– Senhora Kíria, senhora Kíria...!

– O que foi agora, Manu?

– A polícia está aqui!

– Diga a Odilon que cuide de seu próprio enrosco!

– Não é isso, senhora, é sobre o González.

– E o que tem ele?

– Está morto!

8

Minutos antes, Mr. Barnes tinha ido ao quarto de sua mãe. Quando entrou e notou o aposento vazio, não demorou a entender o que havia acontecido. "Ela tentou novamente!" Foi quando escutou Oji chamando-o e não respondeu. Naquele instante, decidiu que ficaria na cidade, pois considerava seu acerto de contas mais importante. Em

silêncio, permaneceu atento, ouvindo Oji falar com Kíria por telefone. Em seguida, notou que Oji conversava novamente pelo celular e, desta vez, parecia ser com seu pai.

– As coisas ficaram um pouco mais complicadas, não vou conseguir voltar hoje. O Ralf sumiu! – e continuou dizendo: – Ele disse que tinha contas a acertar. Acho que já sabe do substituto do González.

"Oji e meu pai já sabiam?" – pensou Mr. Barnes.

Enquanto falava, Oji repassava a vistoria em cada quarto do casarão. Percebendo a situação, Mr. Barnes se escondeu atrás de uma cortina e ficou aguardando que Oji se afastasse para sair de lá.

– Fique tranquilo, isso ele não sabe – disse Oji ao telefone, enquanto abria a porta do quarto, fechando-a após alguns segundos.

"O que mais que ainda não sei?"

– Vou revirar esta cidade com o Flores e, assim que tiver novidade, eu o aviso – desligou o celular e desceu as escadas do casarão.

*

Num quarto do hospital, doutor Medeiros conversava com o velho, sem disfarçar o semblante de preocupação, que nem a farta barba grisalha, que cobria todo seu rosto, nem seus grandes óculos eram capazes de esconder.

– Por sorte, não quebrou nenhum osso, foram apenas escoriações; no entanto, quero que fique por aqui até estabilizar a medicação e fazermos outros exames. Como está se sentindo?

O velho, deitado, apenas olhava pela janela. Partes de seu corpo se mexiam involuntariamente. Perto da cama, uma bengala.

– Foi só mais um tombo, doutor – disse o velho, com ligeira dificuldade na fala. – Como lhe disse, há dias bons e dias ruins.

– Não foi só um tombo, e você sabe disso. A instabilidade postural dá sinais de que sua doença está progredindo mais rápido do que prevíamos. Precisamos refazer alguns exames. A rigidez e os tremores aumentaram?

O velho, alheio e com o olhar distante, parecia nem ouvir.

Doutor Medeiros alinhou a barba com uma das mãos e prosseguiu:

– Preciso que me ajude fazendo a sua parte. Ainda não conseguimos fechar o diagnóstico. Eu sinto muito.

O tempo começava a mudar, o Sol, antes brilhante, agora estava opaco, e o céu ficara levemente encoberto por pesadas nuvens, com aspecto melancólico.

– Gosto de ver a chuva chegando – disse o velho, mantendo os olhos na janela.

– Apenas sabemos que é uma doença degenerativa – continuou o doutor Medeiros.

– A luz opaca... – disse pausadamente o homem, mantendo o olhar fixo na janela – lembro-me do meu pai em dias assim.

As primeiras gotas começavam a cair e, em poucos segundos, a chuva lavava a vidraça, distorcendo a imagem que se via pela janela.

– Sugiro que pense no uso de uma cadeira de rodas ou que contrate um enfermeiro. Se quiser, posso lhe indicar alguém.

– Acho que vou ligar para as minhas babás.

*

A chuva forte, que durou o dia todo, era apenas um chuvisco ao entardecer.

Em frente à portaria da Vereda Houdini, amontoaram-se muitas folhas, galhos e sujeira, trazidos pela enxurrada. A polícia e o aguaceiro dissiparam a confusão com os ambulantes.

*

Percebendo que ninguém mais viria, Jeremias bateu suavemente à porta do quarto do hospital, anunciando sua entrada. Abriu-a lentamente e chamou:

– Senhora Bonadini?

Mediante o silêncio, espiou na penumbra e notou que a senhora Bonadini dormia profundamente. Na mesa de cabeceira, uma rara planta de delicada beleza, repleta de flores brancas e, ao lado, um envelope.

Entrou, encostou a porta, mas não conseguiu se aproximar. Ficou ali, congelado, o coração disparado, o couro cabeludo ardendo.

"O que estou fazendo?" – perguntou a si mesmo, enquanto segurava a medalha do seu escapulário. Num relance, surgiu em sua mente a imagem de seu tutor, nos tempos de criança.

– Quem é você? – perguntou a senhora Bonadini, despertando.

– Sou Jeremias Cruz, senhora, seu motorista, lembra? – respondeu a ela – Quer que telefone para a senhora Kíria?

– E o outro?

– Outro?

Confuso, Jeremias não sabia como dizer que estava sozinho. Foi quando Ellen continuou:

– Miguel?! Muito prazer! – disse, parecendo falar com alguém que estivesse bem ao lado de Jeremias, invisível a ele.

Ao ouvir a senhora Ellen falar em Miguel, nome de seu tutor, Jeremias, sob forte emoção, sentou-se em uma cadeira próxima, respirou profundamente e, fechando os olhos, começou a narrar, com súbita coragem, a sua história:

– Fui uma criança feliz. Encontraram-me aos pés de um banco, próximo ao altar de uma igrejinha, onde me acolheram e me deram o nome de Jeremias Cruz. Cresci no meio de toda liturgia, as imagens de santos representavam os meus heróis na infância. Minha adolescência e inquietude no orfanato custaram muito àqueles que me amavam. Até o dia em que resolvi fugir de lá e vir para a capital. Já era moço, contava com quase dezessete anos de idade, e consegui um emprego em um pequeno ferro-velho, onde poderia trabalhar e morar. Naquela época, tinha a cabeça e o coração vazios e não precisava de muita coisa para sobreviver, nem mesmo de carteira assinada, o único incômodo era o abandono do local.

Depois de quatro meses, entendia bem de sucatas, principalmente de que maneira avaliar e ganhar dinheiro para o meu patrão, que não ficava por ali.

Aprendi a montar e a desmontar aquele material. Reaproveitava quase tudo o que via pela frente. Separava cada peça de modo a valer mais em uma venda ou troca. Encantei-me com a parte mecânica e a elétrica. Sentia-me útil e feliz, e o local já nem parecia abandonado.

Saía pouco, só para comprar o que comer. Estava quase sempre sujo e com roupas esfarrapadas. Não me importava com os olhares da vizinhança. Todo dia, ouvia sinos tocando, que me faziam lembrar a paróquia, suas festas e quermesses.

Depois de mais alguns meses, já me sentia o dono de tudo e apenas tinha preocupação com alguns cachorros e gatos abandonados que apareciam por lá e que acabavam por me ajudar a guardar o grande terreno.

Não tinha televisão, mas possuía um rádio, que eu mesmo consertara. O telefone não tocava, e tudo o que lia eram manuais antigos e jornais amarelados, que achava no barracão.

Com sucata e refugo fiz de tudo: cama, prateleiras, alarme, consertei aparelhos domésticos, cheguei até a inventar um pequeno motor para uma antiga bicicleta.

Em seguida, iniciei um novo projeto, a reforma de uma velha motocicleta abandonada. Assim passei meus dias na grande cidade, pouco mais de um ano, entretido em alguma reforma e acompanhado de um grupo de animais, órfãos como eu.

Até que chegou o dia em que a reforma da

motocicleta estava praticamente concluída, e começei a sentir uma saudade inexplicável do orfanato. Ouvi os sinos tocando e pensei em voltar. Liguei o motor para um teste e iniciei uma volta bem devagar e tranquila, apenas em comemoração à minha conquista.

Saí do ferro-velho com cuidado, sentindo-me um vitorioso sobre aquela moto, pois tinha certeza de que, se meus amigos do orfanato me vissem, sentiriam inveja de minha vida. Acelerava sem resistência, eu era o dono de meu destino. Num segundo, descontrolei-me ao fazer uma curva, perdi o equilíbrio, a moto se desgovernou e atingiu, de surpresa, as pessoas que atravessavam a rua. Ouvi o barulho do impacto, um estalo seco, e a motocicleta se partiu. Eu fui ao chão. Por um momento, fiquei desorientado, com braços e pernas esfolados.

Quando recuperei a consciência, pude ver toda a situação de horror. Perto de mim, largados no chão, uma mulher ruiva, cheia de escoriações, que ainda prendia nos braços um bebê e, um pouco mais distante, o corpo de uma garotinha de aproximadamente dois ou três anos de idade.

Por alguns segundos, fiquei imóvel, esperando que se levantassem. Nenhum dos três se mexia. As pessoas se aglomeravam. Tive medo, curiosos começaram a me chamar de assassino. Fiquei apavorado e saí correndo. Corri sem parar, sem me lembrar do quanto estava machucado. Voltei para o ferro-velho, peguei minhas economias e fui direto para a rodoviária, onde embarquei em um ônibus com destino à minha cidade natal.

Em minha cidade, concluíram que eu era mais um desafortunado do orfanato e que havia retornado por motivo de alguma encrenca ou confusão. Quando cheguei, os padres cuidaram de mim. Depois de alguns dias, contaram-me sobre o falecimento de meu tutor. Ainda me lembro de quando ele me disse que Deus não deserda ninguém. Meu tutor era um senhor de barbas brancas que se chamava padre Miguel; na verdade, meu pai de coração. Nos anos seguintes, dediquei-me aos estudos na tentativa de esquecer meu passado, e nunca contei a verdade a ninguém. Formei-me em teologia e, com a ajuda de uma bolsa social, decidi continuar naquele caminho, para me formar padre. Mas todos os anos de estudo e dedicação foram em vão, pois continuava preso ao passado. Não conseguia exercer o sacerdócio e pedia a Deus que me libertasse, que me desse uma nova chance...

Por isso, voltei para a cidade grande, decidido a assumir o que fizera. Fui ao ferro-velho, que hoje nem existe mais, andei pelo bairro, procurei por notícias. Nunca encontrei.

Nesse período, aluguei um quarto nos fundos da casa do proprietário do imóvel, ele se chamava González. Foi ele quem me ajudou a arranjar um emprego na firma em que trabalhava como segurança e quem, com o passar dos anos, tornou-se meu amigo e confidente.

Mesmo depois de tanto tempo, vocês nunca saíram de minha mente, mas só comecei a desconfiar quem seria a senhora no dia em que notei a cor de seus cabelos enquanto subia as escadarias do casarão com Kíria e, depois, tive a certeza quanto olhei o porta-retratos em seu quarto, na noite em que a trouxe para cá...

Fui eu quem a atropelou naquela tarde de sexta-feira! Sou culpado pela morte de Lilly e por tudo o que aconteceu a vocês. Eu sinto muito,

muito mesmo, nunca tive essa intenção, e há trinta anos os procuro para pedir perdão!

Ellen, com os olhos vidrados, segurava com força o lençol da cama. Transtornada, com ânsia de romper o silêncio de trinta anos, desabafou:

– Suma daqui, seu covarde maldito! É tudo culpa sua! Foi você quem trouxe a escuridão para essa família. Desapareça de nossa vida e leve esse padre com você. Quer que eu o perdoe para facilitar a sua vida? E a vida infeliz à qual me condenou? Nem imagina o que fez, maldito bastardo. Espero que nunca faça as pazes com Deus. Saia daqui, saia daqui! Doutor Medeiros! Doutor Medeiros! Enfermeira!

Ellen gritava e se debatia de maneira descontrolada.

Jeremias sentiu-se aturdido, como se nocauteado fosse por uma enxurrada de sentimentos. Saiu, desnorteado e despedaçado, do quarto, andou a esmo pelos corredores do hospital, afrouxando o nó da gravata e tateando os bolsos à procura do maço de cigarros, enquanto seguia em direção à saída.

Do lado de fora do prédio, a garoa intermitente deixava a noite mais fria. Achou o maço de cigarros, estava vazio. Não aguentava mais fugir. Atirou o maço longe e decidiu que iria voltar para o casarão.

9

No casarão, o clima estava tenso e pesado. Nem a ameaça de Kíria tinha sido capaz de interromper os comentários e a imaginação dos funcionários, e somente cresciam os rumores sombrios em torno da casa e daqueles que lá viviam, principalmente após o sumiço de Mr. Barnes, pois alguns juravam que o tinham visto desaparecer bem diante de seus olhos. Fato atribuído somente àqueles que pertenciam à família do anjo das trevas.

A umidade da chuva, que marcou o dia, anunciava uma noite fria.

Manu estava exausta, seus pés latejavam após as longas caminhadas do dia, mas, motivada pelo pensamento de um banho quente e pelo perfume de seu travesseiro, abstraía toda turbulência do dia e andava quase sorrindo em direção ao seu dormitório.

Quando já estava no corredor da quitinete, notou que a porta do dormitório de Jeremias estava com a maçaneta quebrada e que parecia ter sido arrombada. Empurrou-a levemente e acendeu a luz.

O quarto estava de cabeça para baixo. Tudo havia sido revirado, cama, cômoda, gavetas, armários, tudo esparramado. O chão estava forrado com roupas, papéis e objetos quebrados. A porta do banheiro estava fechada. Tentou abri-la, mas estava trancada. Ouviu um gemido. Bateu e chamou em seguida:

– Quem está aí?

– Manu? – respondeu uma voz.

– Mr. Barnes?

– Você está sozinha? – continuou a voz.

– Sim, mas...

A porta destravou, e abriu.

Manu empurrou a porta com cuidado e se

assustou ao ver um Mr. Barnes irreconhecível. Estava desarrumado, tinha se machucado, pois sua mão e seu paletó estavam sujos de sangue, e parecia que havia chorado. Seu corpo tremia como se estivesse com muito frio, estava apavorado.

– Tire-me daqui, Manu! – pediu, segurando com força os braços da moça.

– Vou ligar para a senhora Kíria – respondeu, assustada.

– Não! Não faça isso. Precisamos sair desta casa. Ninguém pode nos ver. Eles são perigosos e irão atrás de você também.

– Mas o que está acontecendo? De quem você está falando?

– Falo de todos! Não me deixe morrer aqui, Manu – e desabou em um choro convulsivo. – Estou perdendo o controle, preciso sair daqui, por favor!

A hesitação de Manu desapareceu com essa última palavra. Mr. Barnes estava desesperado e realmente precisava de ajuda.

– O que faço? Para onde vamos?

– Leve-me até a garagem sem que ninguém nos veja. Depois, vá até meu quarto, pegue os meus remédios, que estão dentro de uma mala, próxima da minha cama, e traga-os. Em seguida, pegarei o carro e fugirei daqui.

Manu sabia que Kíria tinha saído havia poucos instantes, para ir ao hospital, e deu, então, uma espiada no corredor da quitinete: "Tudo vazio". Em seguida, voltou para o quarto e, segurando Mr. Barnes pela cintura, rumaram calados por entre a vegetação alta do jardim do casarão, até a garagem.

Bastaram alguns instantes para que um carro, dirigido por Manu, passasse pela guarita sem que o vigia pudesse notar que, no banco traseiro, Mr. Barnes estava encolhido, trêmulo, segurando nas mãos um frasco de remédio e tendo, próximo aos seus pés, uma mala.

*

Do outro lado da cidade, num bairro da periferia, três homens, que estavam ensopados, enrolados em cobertas, molhados da cabeça aos pés, batiam palmas diante do portão enferrujado de uma casa que estaria despercebida se não fossem os grafites que cobriam os muros do lado de fora.

A luz amarela da área de entrada se acendeu, a porta se abriu, e uma velha franzina, trajando simples vestido e com uma tiara prendendo os cabelos, apareceu dizendo:

— Entrem, entrem! Vocês estão ensopados. Vou pegar toalhas, sentem-se nesses banquinhos.

Os três homens entraram na área e, entre brincadeiras e um ligeiro mau humor, acomodaram-se nas banquetas próximas aos vasos e latas com plantas.

Um deles, que fazia o tipo mal-encarado, antes de se sentar, deixou que sua pesada coberta encharcada caísse ao chão, fazendo revelar, em uma das mãos, um pote de plástico, tampado com papel alumínio, que fez questão de entregar à velha senhora, assim que ela retornou com as toalhas.

— A senhora faria um favor de esquentar para nós?

— Bendito seja, Gaspar, mas quero que tomem um banho antes, enxuguem-se e deixem suas roupas lá dentro do tanque, para eu lavar. Vou trazer outras para vocês se trocarem e também algumas cobertas.

– Eu não disse? Ela é um general! – falou um deles.

– E não reclame, senhor André, pois vou trazer também barbeadores para fazerem a barba.

– Eu não quero fazer a barba – disse o terceiro.

– Mas precisa! Assim você fica com cara de coitado, e aqui não tem nenhum coitadinho. E escovem os dentes também, tem pasta e escova lá nos fundos.

Em seguida, a velha voltou com roupas, cobertas, barbeadores, pente e desodorante. Amanhã, vocês vêm buscar suas roupas e me devolvem essas.

– Vou esquentar a comida. Também fiz sopa e vou trazer, mas antes passarei um café bem forte. E, Gaspar...

– Senhora?

– Monte a mesa após o banho. As tábuas e os cavaletes estão no lugar de sempre.

Algum tempo depois, a velha reparou, pelo barulho, que todos já estavam prontos.

Voltando para a área de entrada, ela pegou talheres, pratos e uma toalha para forrar a mesa. Aproximou-se de um dos homens e perguntou:

– Vocês têm notícias dele?

– Não, senhora – respondeu André, estendendo a toalha na mesa.

– Como fiquei sem a barba? – perguntou o terceiro.

– Você está lindo. Parece meu filho, sua mãe sentiria orgulho.

– Se nós o encontrarmos, falaremos para ele voltar – disse Gaspar, colocando os pratos.

– Vamos, puxem as banquetas para perto da mesa. Vamos jantar.

Assim que se acomodaram, notaram que um carro importado havia acabado de estacionar em frente daquela casa simples. O modelo do carro acabou por chamar a atenção de todos.

Em seguida, surgiu Manu no portão; com

desaprovação no olhar, entrou furiosa e começou a falar, indignada.

– Mas o que é isso?

– Minha filha, que saudade – a velha se levantou e veio abraçar a moça –, estes são os amigos de seu irmão.

– A senhora sabe que não gosto de estranhos em nossa casa.

– Não se baseie pelas aparências e, além do mais, eles não são estranhos, e Gaspar você já conhece, pois eram amigos de infância.

Gaspar e Manu entreolharam-se e se cumprimentaram com um leve aceno de cabeça.

– Esta é minha filha – disse a mãe, apresentando-a com alegria aos outros dois.

– Muito prazer – responderam os outros.

– Janta conosco, filha?

Manu, diminuindo o tom de voz, falou, próxima da velha senhora.

– Mãe, por favor, pare com isso. Você já tem idade, precisa descansar. Já reviramos esta cidade à procura dele, espalhamos cartazes de desaparecido por todos os cantos; há meses, ele se foi, e não foi a primeira vez. Meu irmão é um egoísta, não se preocupa com nenhuma de nós duas. Aceite, minha mãe. Ele preferiu viver em busca da bebida, na companhia de iguais a ele.

– Não julgue ninguém, minha filha! Não queira competir com nosso Senhor. Ele é meu filho assim como você, e eu não estou tão velha assim! – respondeu a mãe.

– Você colabora para que eles continuem assim!

– Não diga bobagens, filha, não se deve negar dignidade. É só um pouco de comida e atenção, e ninguém espera que eu resolva o problema que carregam.

– Mas eles não merecem!

– E desde quando é preciso merecer para receber ajuda? De novo, você está competindo com nosso Senhor. Seu irmão escolheu a vida dele, e eu faço o que gostaria que fizessem por vocês.

– Às vezes, parece que você se esquece de que eu também sou sua filha!

– Nunca me esqueci disso, sabia que a teria

antes mesmo de receber o resultado do exame de gravidez. E você também escolheu seu modo de vida.

— Tudo bem, mamãe, não vou discutir – disse Manu, desejando encerrar o assunto. – Estou precisando de sua ajuda. Meu patrão está no carro. Teve um colapso, chilique ou sei lá o quê! Acha que está sendo perseguido, e eu não sei o que fazer.

— Traga-o para dentro.

— Com essa gente? Esse bando de...

— Todos vão adorar conhecê-lo – e saiu, indo em direção ao carro, abrindo a porta e apresentando-se.

— Olá, senhor...

— Barnes.

— Muito prazer, sou a mãe de Manu. E o seu primeiro nome, qual é?

— Ralf.

— Você parece machucado, Ralf.

Mr. Barnes apenas balançou a cabeça em sinal de afirmação.

– Gostaria de entrar em nossa casa para se cuidar? – continuou a senhora.

– Por favor, Mr. Barnes, desculpe-me. Minha mãe não quis ser atrevida, acho que é melhor irmos para outro lugar – interrompeu Manu.

– Estou confuso, poderia descansar um pouco? – perguntou o homem, olhando direto para a mãe de Manu.

– Claro que sim. Tem duas camas no quarto das crianças e, por coincidência, meu filho não está em casa. Você pode dividir o quarto com Manu.

– Mãe! – enrubesceu Manu, constrangida.

– Vou aceitar. Preciso dormir.

– Venha comigo – disse a mãe de Manu, estendendo a mão a ele.

Quando Mr. Barnes passou pelo portão da casa, viu o jantar sendo servido no abrigo e algumas pessoas sentadas próximas da mesa improvisada.

Assim que entrou, todos disseram em uníssono:

– Boa noite!

– Boa noite – respondeu Mr. Barnes.

– É o namorado da "esquentadinha"? – perguntou um deles.

– Este é Ralf, um amigo que veio descansar – disse, com firmeza, a mãe de Manu.

– Quer jantar? A comida *tá* boa e tem para todos – falou Gaspar.

– Não, obrigado, quero apenas descansar.

– Entre, Mr. Barnes, não dê atenção a eles – disse Manu, abrindo passagem.

– Com licença.

Quando entraram, todos se entreolharam, e o terceiro homem disse em voz baixa:

– Cara esquisito, viu a *tatoo* dele? Dá até arrepios!

No momento em que estavam entrando no quarto que Manu compartilhava com o irmão, o celular dela tocou.

– É Kíria, preciso atendê-la – e tentou se afastar, quando foi segurada por Mr. Barnes.

– Não diga nada! – e, soltando a moça, completou: – Por favor.

Manu assentiu com o olhar e, afastando-se, atendeu à ligação.

Ao regressar ao seu quarto, Manu encontrou Mr. Barnes, com a mão enfaixada, dormindo na cama de seu irmão. Sua mãe estava sentada na outra cama, com um livro nas mãos, e antecipou-se às notícias ao ouvir a chegada da filha, dizendo:

– Pode ir tranquila. Eu cuido dele.

– Kíria quer que eu troque o lugar com ela no hospital. Parece que aconteceu alguma coisa com a senhora Bonadini.

– Vá, mas antes lave o rosto e tome um café.

– Sua bênção, minha mãe.

– Que Oxalá a abençoe e proteja, filha querida.

– Vou pegar a mala e os remédios que ficaram no carro.

Enquanto caminhava até o veículo, Manu pensava:

"Outra noite sem dormir."

10

Kíria estava abatida, tinha os olhos inchados, que denunciavam o choro; não conseguia compreender o ocorrido no hospital.

O enfermeiro contou que havia encontrado a senhora Bonadini numa espécie de surto, que ela arrancava o soro e dizia coisas desconexas, em completo delírio, e que, quando se aproximou, ela rasgou um envelope e atirou o vaso de flores contra ele, começando a gritar e a segurar a cabeça com as mãos, como se sentisse muita dor. Com o barulho e os gritos, outros enfermeiros chegaram e ajudaram a sedá-la e a contê-la no leito.

Os pacientes ficaram assustados com o alvoroço.

Após o ocorrido, uma equipe de limpeza recompôs a ordem no quarto.

No leito, a senhora Bonadini estava entregue aos efeitos da sedação. No rosto, ainda havia a marca das lágrimas que escorreram.

"O que aconteceu? E onde está o Jeremias? O que vou falar para o senhor Lúcio?" – perguntava Kíria a si mesma.

– Onde está o doutor Medeiros? Chame o doutor Medeiros!

– Ele me pediu que o avisasse assim que a senhora chegasse – respondeu uma enfermeira.

O médico não contou nada além do que Kíria já sabia, exceto o fato de que seriam necessários mais exames.

Bastaram alguns minutos para que o quarto estivesse mergulhado na penumbra e no silêncio novamente. Kíria, na poltrona ao lado do leito, observava a amiga, enquanto aguardava a chegada de Manu.

– Que dor é essa? – falava Kíria, sussurrando e tocando com delicadeza os cabelos da patroa.

Ellen a ouvia, mas seu corpo estava inerte. Com esforço, abriu os olhos e viu a cena. Seu corpo, imóvel, num leito de hospital, e sua amiga ao lado dele, acariciando seus cabelos. Continuou olhando ao redor e percebeu que continuava no hospital, só que fora de seu corpo, ligado a ele por finos cordões. Teve medo da morte, mas notou que, de alguma forma, ainda estava viva. Diante do estranhamento, sentiu-se insegura quando viu seu amigo se aproximando.

— Você!!!

— Olá, Ellen, trouxe novos amigos.

— Amigos?!

A senhora Bonadini, então, percebeu algumas silhuetas de luzes, próximas ao homem.

— Eles estão lhe pedindo que, antes de conversarmos, feche os olhos novamente e pense em dias felizes, pense em Jesus e nas palavras que Ele nos deixou: "Vinde a mim todos os que estais cansados e oprimidos, e Eu vos aliviarei". Ouça com o coração, Ellen.

Atendendo ao pedido do amigo, fechou os olhos e, de imediato, uma imagem veio em sua mente: o sobrado, o quarto dos bebês, a poltrona, e Ralf engatinhando entre o berço e a pequena cama, enquanto Lilly brincava com suas bonecas.

Em seu íntimo, ouviu uma voz feminina a dizer:

"Perdoe, para seu próprio equilíbrio, perdoe. O bem está em toda parte, até mesmo onde só enxergamos o mal... Tudo é bom para quem cultiva a bondade, mamãe!"

Quando o Espírito de Ellen abriu os olhos, viu algumas crianças acenando com a mão. Foi o suficiente para que fosse despertada a ternura escondida no passado.

– Esforce-se, Ellen, não alimente o mal – disse o amigo. – Ninguém pode fazer por você o que só depende de você.

A senhora Bonadini ainda conseguiu ver quando luzes a envolveram, proporcionando-lhe uma sensação de paz e de aconchego, um tratamento que a fizera adormecer junto ao seu corpo.

Instantes depois, Manu chegou e recebeu de Kíria uma discreta informação do ocorrido, esta reforçou a conduta inaceitável do abandono de Jeremias e a notificou de que a substituição dele deveria ser imediata e de que seria necessária uma reclamação formal na agência.

– Tenho de voltar imediatamente. Preciso reportar o fato e a conversa que tive com doutor Medeiros ao senhor Lúcio e quero me acertar com Jeremias. Fique aqui até eu voltar amanhã pela manhã.

– Sim, senhora.

– Fique de olhos bem abertos e me ligue assim que a senhora Bonadini acordar.

Tão logo Kíria deixou o quarto, Manu se sentou e se acomodou na poltrona.

– "Não posso dormir" – pensava, enquanto bocejava e tirava os sapatos com os próprios pés; segundos depois, adormeceu.

*

Jeremias, quando chegou ao casarão, procurou por Kíria, mas não encontrou ninguém, nem mesmo Manu. Foi para seu quarto e teve um sobressalto quando reparou a porta arrombada e o local revirado. Concluiu que deveriam estar à sua procura para mais explicações. A senhora Bonadini ficara transtornada, talvez buscassem por um acerto de contas, talvez o estivessem esperando em seu apartamento. Precisava de um lugar seguro para passar a noite e as emoções se equilibrarem. Lembrou-se de que ainda tinha as chaves da antiga edícula que alugara nos fundos da casa do amigo González e decidiu ir para lá.

Saindo sem chamar a atenção, deparou-se aos pés da estátua e se identificou com a imagem.

"Dizem que você é o diabo, eu não acho. Acredito que somos parecidos, queremos ser idolatrados como modelo de perfeição. Eu julgava que o perdão fosse capaz de extinguir meus débitos e que, com uma palavra, tudo seria perfeito. Quanta prepotência! Só faltou eu perguntar: quanto custa? Já que agora posso pagar. A senhora Bonadini tinha razão, eu não queria o perdão dela, queria não dever nada a ninguém. Deus, como é difícil encarar quem realmente somos e nos perdoarmos."

Continuando a caminhada, passou pela portaria sem nenhum problema. Tentou ligar para González, mas ninguém atendeu. Deixou, então, um recado, contando sobre sua necessidade e sobre o que havia acontecido durante o dia.

Atravessando a rua, olhou para trás e reconheceu Kíria dentro de um carro, cruzando a portaria. Fez menção de voltar, mas decidiu continuar.

*

Minutos depois, outro carro, com Flores ao volante, também cruzava a portaria, e sentados na parte detrás estavam Oji e o senhor Lúcio, que acabara de chegar do aeroporto.

Nas escadarias do casarão, Kíria já os aguardava. Oji e o senhor Lúcio subiram as escadas em silêncio.

Tão logo entraram na casa, o senhor Lúcio perguntou a Kíria:

– Notícias do meu filho?

– Não, apenas da senhora Bonadini. O distúrbio se agravou e tiveram que sedá-la.

– O motorista ainda está lá? – perguntou Oji.

– Não. Quando cheguei ao hospital, ele havia desaparecido.

– E onde ele está agora? Voltou para cá? – perguntou o senhor Lúcio, contrariado.

– Acredito que passou por aqui sim, pois o seu quarto está revirado. Parece que pegou alguma coisa com pressa e abandonou o emprego.

"Será que Ralf fez besteira?" – indagava-se Lúcio em pensamento.

– E quem está no hospital? – perguntou Oji, desconfiado.

– Deixei a Manu, ela é de confiança.

– Isso já foi longe demais, Oji! Pare de brincar com a sorte e dê um jeito nisso – expressou, com veemência, o senhor Lúcio, deixando-os sozinhos.

*

Em frente à casa de González, Jeremias testava uma das chaves que deveria ser a do portão. Assim que entrou, foi direto para a edícula nos fundos, onde encontrou sua antiga cama e ainda alguns de seus pertences. Seu corpo fibrilava, porém sua mente estava leve. Deitou-se. O próximo dia já havia planejado durante o caminho: iria até uma delegacia para relatar o ocorrido no passado e entregar-se, mas não sem antes se explicar com a senhora Kíria.

"'Tenha misericórdia deste ignorante, Pai."

Dormiu sem perceber o envelope que estava no centro de uma pequena mesa ao canto, a ele endereçado, em letras grandes: "PARA JEREMIAS".

11

Estava muito escuro, mesmo assim decidiu entrar, quase não conseguia enxergar. Caminhava tateando para não se machucar, enquanto alguns raios do sol atravessavam frestas das telhas daquele local sem forro. Sentiu o cheiro de lenha queimada, seguiu tocando a parede com a ponta dos dedos e parou quando tocou uma antiga tramela que mantinha uma janela fechada. Abriu-a. O sol cegou seus olhos, ergueu o braço na tentativa de encobrir a claridade, recuou um pouco e baixou a cabeça, olhando para o vermelho do chão, no qual viu um brinquedo de madeira, um boneco trapezista. Agachou e o apanhou...

– Mr. Barnes, Mr. Barnes, sou eu, Manu! – disse a moça, sussurrando perto dele.

– Manu? – perguntou Mr. Barnes, acordando assustado.

– Sim, sou eu.

– Você não devia estar no hospital? – perguntou enquanto se orientava.

— Já é de manhã. Seu pai voltou. Ele chegou ao hospital bem cedo e me pediu que eu voltasse ao casarão e o ajudasse a encontrá-lo. Vim avisá-lo e saber o que devo fazer. É possível que alguém nos tenha visto ontem na casa e que Kíria me cubra de perguntas.

De repente, os olhos de Mr. Barnes se dilataram.

— Os papéis...! Os documentos que encontrei, onde estão? — indagou, pulando rápido da cama e procurando-os pelo quarto.

— Que documentos? Eu não vi, você não trouxe nada para cá.

— Meu paletó, onde está?

— Está ali na cadeira — disparou Manu, confusa.

Mr. Barnes pegou o paletó e começou a procurar pelo forro, de onde retirou umas folhas de papel. Aliviado, soltou os ombros e jogou seu paletó no chão.

— Ufa! Ainda bem que minha mãe não o lavou — disse Manu, tentando descontraí-lo e aproveitando a oportunidade para perguntar:

– Você pode me dizer o que aconteceu ontem?

Mr. Barnes hesitou por alguns instantes. Sentou-se novamente na cama e começou a desabafar:

– Ontem, quando não encontrei minha mãe, achei que já era tarde demais e que não me restava mais nenhum tempo. Resolvi, então, pegar Jeremias de qualquer jeito.

– Jeremias? – inquiriu Manu, sem nada entender.

– Há tempos procuro o responsável pela tragédia que assombra a vida de minha família. Pedi para González investigar e ele encontrou o sujeito, Jeremias Cruz. Planejamos tudo, até a substituição. Eu pretendia desmascarar esse infeliz diante de minha mãe, e fazê-lo pedir desculpas por tudo o que perdemos, ele tinha de pagar...

– Como assim? – perguntou Manu, estarrecida.

– Por sorte não o encontrei, senão teria ocorrido uma desgraça. Enquanto esperava por ele, no quarto dos empregados, comecei a vasculhar tudo, queria saber mais sobre aquele infeliz, e revirei cada canto. Foi aí que encontrei isto aqui – revelou, mostrando os papéis que segurava na mão.

– Eu os achei escondidos debaixo de uma gaveta e, certamente, não eram de Jeremias, e sim do antigo ocupante do quarto, o próprio González. Ele me fez de bobo. Nada do que me disse era verdade, os culpados eram outros. A raiva me cegou, quebrei tudo o que encontrei pela frente. Meu coração disparou, e senti medo, medo do meu pior... Foi quando você apareceu.

– E agora, o que pretende fazer? – perguntou Manu a ele.

– Pretendo voltar ao casarão, mas antes tenho que ir a este lugar – e tirou dos documentos dois recortes de jornal, entregando-os a Manu.

Manu olhou os recortes e viu que, em um deles, havia notas de falecimento e no outro, um artigo intitulado: "A Louca do Base".

*

– Bom dia! Então, você caiu mais uma vez, e não quis chamar ninguém?

– Como ficou sabendo? – perguntou, com

certa dificuldade, o velho trêmulo, na cama do hospital.

– Somos figurinhas conhecidas neste hospital. Eu e Celeste viemos trazer o Matheus para iniciar o tratamento quimioterápico, e as meninas da recepção me contaram.

– Matheus?

– Tem apenas seis anos, trouxemos ele e a mãe. Celeste ficou com eles, enquanto vim vê-lo. Estão assustados, e quem não ficaria?

– Santa Mercedes e santa Celeste! Sempre carregando o peso do mundo nas costas.

– Não deboche! Celeste nem está aqui para se defender; aliás, ela disse que passará aqui mais tarde. E fique sabendo que não carrego nada nem ninguém. Não estou trocando ou compensando meus erros. Ajudo porque gosto, porque aprendo, este é meu caminho, meu grupo.

– Ah, o grupo... tinha me esquecido dele, como andam as coisas?

– Nem sei como responder... Se tanta gente precisa de ajuda, é porque o mundo não vai bem. As reuniões estão sempre cheias. Na verdade, as pessoas querem ser ouvidas e, assim, aprendemos juntas.

– Se precisarem de ajuda financeira, sabem que podem contar comigo.

– Nossa estrutura é simples e compartilhada, a cada semana nos reunimos na casa de uma de nós quatro, que somos mais antigas no grupo.

– E sobre o que doutrinam nas reuniões? – perguntou em tom provocativo.

– Não há doutrinação. É um grupo arreligioso de acolhimento ao luto. Só ouvimos, choramos, sorrimos... Sem julgamentos, sem aconselhamentos, sem receita para a felicidade, apenas respeitando o jeito de ser de cada uma de nós, pois falar sobre violência e perda é sempre muito difícil, principalmente no primeiro ano. Por vezes, é dolorido até mencionar o nome da pessoa falecida.

– A morte... – sussurrou, reflexivo, o velho.

– Nesses momentos, dizemos: sinto muito. Porém, sentir a falta é diferente, compreende? Pode ser que, talvez, quem nunca passou por isso veja o grupo como algo que ensina a se conformar, mas quem já passou por isso reconhece o apoio de todas, sabe que o grupo é para se permitir confortar, ninguém se conforma com tamanha dor... E por que esse interesse, está querendo participar?

– De jeito nenhum. Só acho que isso me cheira a religião, e você sabe qual a minha opinião sobre esse assunto – disse o velho, tentando disfarçar os tremores.

– E desde quando ajudar é sinônimo de religião? Jesus não fundou nenhuma religião.

– É verdade. E também não foi crucificado por nenhum ateu – alfinetou o velho doente.

– Nem por religiosos, nem por ateus, mas pela ignorância... A mesma ignorância que faz alguns crerem que a religião do Cristo é a religião da cruz, e não a do amor, como se a perfeição Divina e a religião fossem a mesma coisa.

– Não consegui entender Deus ou saber o que Ele queria de mim – falou o velho de um jeito sentido, olhando para o teto do quarto.

– Mas conseguiu compreender o ser humano e o que ele esperava de você. Conhecereis os meus discípulos por muito se amarem, foi o que disse Jesus.

— Mercedes, sempre perspicaz, você é a inspiração para muita gente. É assim para mim, há quase trinta anos – disse, voltando a olhar nos olhos da amiga.

— Deixe de bobagens, pois ajudamos um ao outro. Você me acolheu sem preconceito e sempre soube me respeitar – disse a mulher, segurando a mão inquieta do velho, e continuou:

— Estamos preocupadas com você. Vitória e eu insistimos para que venha morar conosco.

— Ei, vocês sempre cuidaram muito bem de mim, parem de se preocupar comigo, sejam felizes. Chega de me controlar, estou doente, estou morrendo, e isso não é problema de vocês!

O velho largou a mão de Mercedes, tentou segurar os braços para conter o tremor involuntário e continuou a falar, resoluto:

— Desculpe-me pela grosseria, mas chega de culpa em sua vida. Ficar sozinho é o meu desejo. Vá curtir a sua neta e ajudar a sua filha a ser mãe ou, então, vá passear com aquela maluca da Celeste.

— Fique tranquilo, já avisei as enfermeiras, e elas anotaram o meu telefone em seu prontuário. Amanhã cedo, quando tiver alta, virei buscá-lo para irmos para casa.

— Que porcaria, e esqueça os elogios, você é uma déspota, ouviu bem?! – disse, virando-se de lado e dando as costas para Mercedes, que sorria com a reação, já esperada, do velho amigo, que prosseguia no resmungo: – Era só o que me faltava, espartanas cuidando de mim. E saibam também que, quando eu morrer, não quero que coloquem roupa bonita, maquiagem, para eu ficar bonitinho, bem cuidado, para que digam todos: "Parece até que estava sorrindo, remoçou, morreu feliz...". Quem é que morre feliz? Hipócritas! Saibam que, quando morrer, quero ir pelado, isso mesmo, pelado... E que ninguém me ouse dizer que São Pedro me impedirá de entrar no Céu só porque estou nu! Quero só ver o que o povo do velório vai dizer quando me virem assim!

— Que horror, desse jeito não vai ter ninguém em seu velório! – falou, baixinho, Mercedes.

— Pensando melhor, quero que lacrem o meu caixão, e ninguém precisa ir. Estarei morto. O que vão querer de mim?

– Caixão lacrado é melhor, assim nos poupa da vergonha! – respondeu a mulher.

– Mas quero ir nu! Do mesmo jeito que cheguei, entendeu?

– Quanta revolta! Vou pedir a alguém do grupo que venha ler algum livro a você, precisa se acalmar – retrucou Mercedes.

– Pois mande irem para outro quarto deste hospital!

– Quer escolher um livro ou eu mesma escolho?

– Santo Deus, seria tortura demais ficar ouvindo seus livros – resmungou, virando-se para Mercedes e continuando a falar: – Se quer saber, procure por um poema que há muito tempo não leio: "Aos que virão depois de nós". Você é que tinha de lê-lo, mas já a aviso de que o autor não era muito afeito à religião – completou o velho, provocando Mercedes. – Duvido que a "senhora perfeita" vai me atender!

– Eu mesma irei trazê-lo e ler com você – respondeu a mulher, saindo do quarto.

*

Jeremias havia acordado cedo. Tomou banho, colocou uma camisa deixada no antigo armário e, quando se preparava para sua oração, notou o envelope em cima da mesinha.

Apanhou-o e abriu com cuidado. Dentro havia uma carta.

"Meu amigo Jeremias, muito provavelmente, se estiver lendo esta carta, será porque veio se esconder de Mr. Barnes. Já eu estarei longe e com muito dinheiro.

Por isso, devo-lhe um pedido de desculpas, pois não fui o amigo que, talvez, você tenha imaginado.

Sabe, senti que a sorte estava do meu lado quando você me contou o seu segredo. Quase não acreditei que estava diante de uma história antiga, já contada por outra boca. Senti cheiro de oportunidade e fui investigar.

Acabei descobrindo mais do que poderia imaginar.

Que safados e posando de bacanas! Agora, terão de me pagar muito dinheiro se quiserem que eu sustente as besteiras contadas até este momento.

Meu amigo, talvez você pense que sou um homem sem coração, mas não. Saiba que me afeiçoei a você, ou à sua ingenuidade, não sei bem ao certo. Por isso, vou lhe deixar um conselho: esqueça toda essa história, pois você não matou ninguém. Volte para a sua terra ou vá para qualquer outro lugar, deixe tudo como está e, se algum dia assumir o sacerdócio, reze por mim, porque, você sabe como é, toda família tem problema, mas, desta vez, eu mexi com a família do diabo.

González.

A história de
Mercedes

Num quarto à meia-luz, com um vestido que cobria todo seu corpo, deixando de fora apenas a ponta dos dedos dos pés, apoiados em fino par de chinelos gastos, a menina, encostada no batente da porta do quarto, encolhia-se timidamente, sem saber o que fazer. Tampouco aqueles que por ali estavam, acompanhando o derradeiro momento de despedida entre filha e mãe. Talvez, as presilhas que seguravam os cabelos da pequena fossem a única coisa, naquele velório, que sabiam o que fazer.

Num misto de pena e inquietude, ninguém se sentia à vontade para se aproximar da morta ou da menina.

O porão do casarão na fazenda dos Ybarra era o local destinado às acomodações dos empregados e também o único lugar para velar antes do enterro.

Mercedes olhava o corpo de sua mãe, que parecia estar apenas dormindo, nunca tinha visto ela dormir; durante seus nove anos de vida, sempre era ela quem dormia primeiro e, quando acordava, sua mãe já havia saído para o trabalho.

Em meio ao vazio de atitudes, um inesperado convite.

D. Ybarra, o dono daquele latifúndio, ofereceu à menina Mercedes, na presença de todos, a vaga de trabalho que a defunta havia deixado no casarão.

– Vai começar como ajudante das outras empregadas, cuidando do galinheiro, dando comida aos porcos, e logo estará crescida e faceira para cuidar de muito mais...

E o homem continuou agachado, com as mãos nos ombros da criança:

– Será fácil, afinal já conhece a casa e todos da família. Além disso, Báh pode lhe ensinar o que você não souber, você aprende, é inteligente! E, trabalhando aqui, não terá que se preocupar com sua comida e continuará dormindo no mesmo quarto que dividia com sua finada mãe, que Deus a tenha.

O momento era de tensão, e alguns acharam um desrespeito, mas ninguém deu um pio, aguardando a resposta da menina.

D. Ybarra não se preocupava com princípios quando o assunto eram seus interesses.

A menina meneou a cabeça positivamente, aceitando.

Alguns ficaram aliviados, outros preocupados, já que todos conheciam bem aquele velho, que tinha palavra, mas também um temperamento hostil e, por vezes, violento.

No casarão da fazenda, D. Ybarra morava com sua família, seu primogênito, um grandalhão de aproximadamente quarenta anos de idade, sua nora, seus dois netos adolescentes e a sua filha temporã, com apenas dezesseis anos de idade. D. Ybarra se tornara viúvo havia muito tempo, exatamente um ano após o nascimento de sua filha.

Era um trabalhador determinado, que tinha vindo da Espanha com poucos recursos e que, com seu jeito rude, desbravara caminhos, fazendo fortuna.

Em toda a região, o sobrenome Ybarra era tido como sinônimo de poder e prestígio. A bajulação e o reconhecimento vinham da sua conta bancária e do interesse por suas terras e por tudo o que tinha em cima, como o alambique, no qual era produzida a cachaça mais procurada das vendas e dos armazéns da redondeza.

O velho espanhol, cheio de superstições e manias, saía sempre pela porta em que entrava, não passava debaixo de escadas, não andava de costas, nem bebia café ao sol. Gostava de deixar à vista a arma que sempre carregava na cintura e dizia alto para que todos ouvissem:

– Somente uma arma é capaz de manter longe *"tramposos"* e *"lamebotas"*.

Trapaceiros e puxa-sacos era como se referia aos moradores do vilarejo.

À noite, sozinho em seu quarto, quando retirava a arma do corpo para se deitar, por vezes era tomado por uma inquietante angústia, o medo de dormir e não voltar a abrir os olhos. Em noites assim, achava melhor evitar o sono. Abria as janelas e ficava sentado na poltrona do quarto, olhando as velas queimarem e perguntando-se: – Quem cuidará destas terras?

E pensava:

"Meu filho, um boa-vida que não é digno de confiança, cresceu rodeado de caprichos e excessos da mãe e tornou-se um medíocre, que se lambuza com as facilidades e prazeres da vida. Minha filha é diferente! Não se deixa levar por *tonterias*, mas é mulher. Se for enganada por seu coração, tudo estará nas mãos de um gatuno oportunista em forma de genro. Muito arriscado. Meus netos? Dois encrenqueiros. Seus pais os consideram perfeitos demais para trabalharem. Serão covardes."

Se as noites de D. Ybarra eram inquietantes, os dias eram fáceis, com todos seguindo suas ordens sem reclamar.

No casarão, ninguém se incomodou ao ver a menina magrelinha nos afazeres da casa, carregando a trouxa de roupas sujas nos ombros ou mexendo as panelas no grande fogão de lenha, nem mesmo a nora de D. Ybarra, Marília, dona de língua afiada e que gostava de exibir suas joias e seus penteados enormes, cobertos por laquês, vindos do exterior.

A única que reparava na menina era Báh, descendente de caboclos, e a funcionária mais antiga da família. Era firme, sabia cobrar, com respeito, a tarefa de cada um dos empregados.

Depois de alguns meses, Mercedes se adaptara à rotina do casarão e crescia sem tempo, vivendo entre a cozinha e a lavanderia. Às vezes, entre uma coisa e outra, distraía-se enquanto alimentava as galinhas e corria atrás delas ou dos pequenos leitões, até ser interrompida pelo vozerio de Báh, que chamava sua atenção:

– Mercedes! Se não tem o que fazer, vá varrer o cisco do terreiro.

Em uma madrugada de chuva, D. Ybarra abriu a porta do quarto da menina e levou um susto: a figura de Báh surgiu com a claridade dos relâmpagos, na beira da cama, como se fosse sentinela dos sonhos da menina.

– O que faz aqui? – perguntou o velho de maneira ríspida.

– Cuidando da menina como o senhor me pediu.

Mercedes acordou, mas fingiu que continuava dormindo.

– Vá dormir, velha rabugenta – ordenou o espanhol.

– Aqui agora é meu quarto. Durmo na cama da finada.

D. Ybarra encarou a velha, que se pôs em pé. Em seguida, virou-se e nunca mais apareceu no quarto da menina.

*

Para pegar no sono, Mercedes gostava de imaginar como devia ser o seu pai. Não o conheceu, cresceu ouvindo histórias de que era um homem do circo, um artista que, de passagem pela cidade, havia iludido sua mãe.

Olhava para a estrada, esperando que um carro entrasse pela fazenda levantando poeira e, de dentro dele, saltasse um homem de cartola na mão, dizendo: "Vim buscar a minha filha!".

A menina nunca foi ao circo, mas teve a arte ao seu lado de várias maneiras.

Enquanto cozinhava, Báh contava lendas que ouvira quando era criança, histórias que sua avó contava sobre plantas e ervas que curavam, sobre vivos e mortos que andavam a assombrar por aí.

Quando Báh falava sobre isso, Mercedes, por vezes, ficava assustada, porém logo voltava a sorrir, já que a velha fazia muitas caras e bocas ao narrar seus contos sobre a vida, cheios de personagens que tinham nomes esquisitos, e nos quais o bem sempre vencia.

– Ninguém vem à Terra para fazer o mal, mas não seja ingênua, menina.

Um dia, enquanto varria o terreiro, o cabo da vassoura quebrou, e Mercedes reclamou sem pensar:

– Ara sô, diabo! Maldita!

Báh, que estava perto da menina, chamou-a e contou uma história de sua infância.

– Quando meu pai era mocinho, ele falava muito esse nome que você falou e xingava também, igual *ocê* fez. Qualquer coisa que acontecia, ele falava esse nome. Tudo era esse nome. Um dia, quando ele foi trabalhar, com a enxada nos ombros, ele ouviu um assovio, depois tacaram uma pedrinha nas costas dele, daí ele percebeu que alguém estava ali. Ele então *parô*. E sentiu um bafo quente bem pertinho de sua orelha: "*Ocê tava* me chamando?". Quando ele se virou, era o *tar*. Aí, meu Deus! Meu pai correu, mas ele correu tanto, que demorou três dias pra *vortá* pra casa, de tão longe que tinha ido e, quando chegou, levou uma coça de minha avó. Por isso, *fia*, lembre sempre que a língua do corpo é a mesma da alma; então, tenha cuidado com quem *ocê* chama pra *andá* com *ocê*.

Aos dezessete anos, Mercedes tinha um corpo que despertava atenção. Não tardou a ser notada pelos dois netos do velho espanhol, Tavinho e Lavinho, como sua mãe os chamava. Os dois rapazes competiam, assediando a moça, declamando uma canção antiga que narrava a história de uma bela moça do campo que havia partido corações e que se chamava Mercedita. Os dois sedutores se declaravam em castelhano:

– Mercedita, *cásate conmigo.*

A moça se sentia incomodada com as brincadeiras inconvenientes dos rapazes, que caíam na gargalhada por vezes, ao verem seu constrangimento.

– *No te vayas,* Mercedita, *amor de mi vida...*

Dona Marília, que agora era conhecida por seus portentosos turbantes que escondiam sua calvície, ria prazerosamente e se dizia admirada da inteligência de seus filhos.

*

O temor das noites de D. Ybarra começou a tomar forma no dia em que gritos e berros foram ouvidos por toda a cercania do casarão. Eram as vozes do velho espanhol furioso e de sua filha, agora uma mulher, que discutiam com energia. Uma confusão tão grande de palavras, ofensas e acusações, que mal se conseguia entender o motivo. Ninguém tinha coragem de intervir ou entrar na sala. Os netos sumiram pelos fundos.

E, depois de um curto silêncio, a filha, segurando uma mala, saiu chorando e batendo a porta da frente; após, entrou em seu carro e foi embora da fazenda.

A mudez no casarão durou menos que um suspiro e, novamente, outra gritaria começou, dessa vez era dona Marília quem gritava, suplicando por socorro.

Ao chegarem à sala, encontraram D. Ybarra caído no chão, desacordado, enquanto seu filho Ernesto tentava reanimá-lo.

*

Quando o velho voltou a abrir os olhos, teve uma estranha surpresa, notou que estava paralisado em uma cama, sem conseguir se mexer, nem falar, e corria os olhos apressadamente pelo local, percebendo aparelhos, tubos e borrachas e também que se encontrava em um hospital.

Ao redor da cama, viu o rosto rosado de seu filho Ernesto, sua nora Marília e um estranho que, erroneamente, pressupôs ser algum médico e, logo atrás, próxima à porta, Mercedes.

– Papai, que bom que acordou – disse

Ernesto. – Deixe-me apresentar-lhe o doutor Santana, o melhor advogado da capital.

Diante da fisionomia de estranhamento do velho, continuou:

– O senhor teve um derrame e, como não acordava havia dias, resolvemos dar sequência aos negócios. Sei que está debilitado e comprometido e que, talvez, demore até para falar ou andar. Mas não se preocupe, nada vai parar, estou assumindo a frente de tudo. O doutor Santana entrará com um pedido judicial, em virtude de sua incapacidade, deixando-me tomar conta de tudo durante o período em que o senhor estiver de convalescênça e até que volte para a fazenda. Mercedita, quero dizer, Mercedes, ficará fazendo-lhe companhia.

– Eu também virei visitá-lo, meu sogro! – comprometeu-se dona Marília, com pesar. – Mas, por ora, também tenho de ir. Faz dias que não dormimos de preocupação, e só Deus sabe o quanto estamos sofrendo e sentindo sua falta.

– Doutor Santana, não seria melhor mostrar a ele alguns documentos, quem sabe ele consiga ler? – perguntou Ernesto.

– Não vejo necessidade disso, afinal não temos muito tempo, e já consegui tudo com os médicos. Só vou precisar de mais uma assinatura sua, senhor Ernesto.

A fala do advogado foi interrompida pela agitação do doente, que parecia sofrer uma série de choques por todo o corpo e, quando os aparelhos começaram a apitar, um enfermeiro entrou e, antes que todos saíssem, o velho desmaiou, combalido, para nunca mais abrir os olhos de seu corpo. Seu quadro permaneceu inalterável por quase um ano.

Nesse período, apenas Báh o visitou, por gratidão, e também para se despedir de Mercedes, alegando que havia chegado o momento de regressar ao povoado de onde viera. Aproveitando que estavam a sós com o doente, a velha se postou ao lado do leito e começou a rezar em voz baixa. Mercedes, já sabendo o que viria em seguida, também passou a rezar.

Por alguns instantes, ficaram assim e, logo após, Báh se aproximou do corpo enfermo, tomou uma respiração profunda e soprou lentamente na altura da cabeça do desacordado, depois continuou respirando e soprando na altura do coração e terminou insuflando ar próximo da barriga e do quadril, permanecendo, alguns instantes, de olhos fechados e dizendo em seguida:

— Abençoado seja nosso senhor Jesus Cristo.

E, sorrindo, foi em direção a Mercedes, beijou sua testa e, abraçando-a, falou com sua voz grave:

— Use a inteligência e a bondade e não se arrependa de amar nem se afaste do bom caminho, mas tenha cuidado, pois os canalhas também são simpáticos.

E, com os olhos fechados, continuou:

— Na noite mais escura de sua vida, um desconhecido será quem lhe mostrará a direção. Não se desespere; o grande Pai não abandona ninguém, pois a fé basta àquele que crê sem interesse. Tudo vai passar. Que a mãe de todas as mães a guie.

Já estava saindo quando se voltou e disse:

— D. Ybarra não quer partir. Reze por misericórdia a ele e a todos daquela casa.

*

Depois de várias tentativas de retirada dos aparelhos, o corpo de D. Ybarra enfim se manteve estável, e ele pôde voltar para a fazenda.

O velho voltava para casa em um corpo apático e inconsciente, dependente dos mais simples cuidados.

No período em que estivera no hospital, a família pouco comentava sobre sua saúde, e Ernesto, valendo-se de ser o administrador e com crédito disponível, buscou prazeres antigos, alegando necessidade justa de um relaxamento, diante de tanta pressão.

Retornou aos salões e clubes clandestinos de jogos de cartas da região, apresentando aquele mundo aos filhos e deixando a administração da fazenda para um segundo plano.

A brincadeira, que começara como uma distração, foi ao encontro dos desejos mais íntimos dos Ybarra, tornando a volúpia a companheira fiel de dias e noites, nutrindo o ego de várias maneiras.

Com a chegada do moribundo à fazenda e a confirmação de sua incapacidade, a desesperança generalizou entre os colonos, que se anteciparam ao futuro e foram embora da fazenda, levando o que podiam como forma de pagamento.

Mercedes foi incumbida por seus novos patrões, dona Marília e "seu" Ernesto, de cuidar do velho em estado vegetativo.

A reputação da família de jogadores crescia, acostumados que eram a dizer, nas rodas de baralho, que o destino os trouxera ao jogo e a sorte os escolhera para brilhar. Nos bastidores, eram conhecidos pela estupidez em arriscarem altas somas e pelos blefes amadores, sendo facilmente detectados por jogadores mais espertos.

Não tardou para ocorrer a escassez de recursos em espécie. Ernesto, em escolha fácil, optou por vender uma parte da fazenda para pagar as dívidas aos bancos e a outros credores.

Tavinho e Lavinho aproveitavam a ocasião para insistirem com o pai na venda de uma extensão de terra mais abrangente, pois assim aplicariam o dinheiro no mercado financeiro, obtendo capital fácil e certeiro, sem trabalho e sem preocupação, já que eles consideravam que, com o benefício da sorte, certamente poderiam quintuplicar o dinheiro.

Depois do fato consumado, Ernesto, em uma manhã, ao abrir os olhos para se levantar, viu a figura do pai ao lado da cama, como se estivesse em plena saúde, para, em seguida, com a fúria de um touro, tentar sufocá-lo com as próprias mãos, enquanto gritava:

– Verme maldito, sou o dono de tudo, ladrão *desgraciado*.

Ernesto se debateu contra o vento e, quando percebeu que estava só no quarto, correu e se trancou no banheiro.

O fato, ocorrido algumas vezes, deixava Ernesto com medo de dormir e, por isso, era comum vê-lo sair do casarão, de maneira estabanada e apressada, para só voltar dias depois, entorpecido pela bebida e carregado pelas mãos de apostadores, que cobravam suas dívidas a dona Marília.

Por três anos, o corpo de D. Ybarra fora mantido por aparelhos e pelos cuidados, dia e noite, de Mercedes, até que seu suspiro final ocorreu no último dia de fevereiro, em um ano bissexto. Foi velado nas antigas acomodações do porão.

A fazenda, agora, começava a ser conhecida na região por sua decadência e abandono. O nome Ybarra tornava-se sinônimo de contrariedades e falcatruas.

A ladainha sobre destino e sorte dava lugar a resultados desastrosos, e a ilusão da vitória era, na realidade, prejuízo e desolação. Ernesto começava a sentir, na consciência, o resultado de suas escolhas.

*

Com o falecimento do progenitor dos Ybarra e com o atraso dos pagamentos, o restante dos funcionários, deixando para trás uma fazenda em colapso, foi embora, em busca de novas oportunidades e de esquecer o fracasso dos últimos anos.

Mercedes também queria começar uma nova vida e, quando anunciou sua partida e seu casamento com Bernardo, um antigo funcionário da fazenda, os rapazes a olharam com desprezo. Dona Marília só conseguia pensar em quem iria fazer o serviço de todo aquele casarão. O devaneio foi interrompido pelo senhor Ernesto:

– Infelizmente, não temos, no momento, condições financeiras para acertar o que lhe devemos, mas me comprometo a, nos próximos meses, levar o dinheiro, eu mesmo, até você. E também lhe darei uma bonificação, e peço que a tome como presente desta família por todo seu carinho e cuidado com meu pai, Dom Ybarra, e que Deus o tenha e o guarde longe daqui.

– Amém.

Todos responderam e sumiram de perto da moça, deixando-a sozinha na sala, diante de um relicário com a imagem de Nossa Senhora Aparecida.

Dias depois, Mercedes entrava na igreja e caminhava até o altar para se casar com Bernardo, mas, se tomasse como verdadeiras as lentes sobre destino ou superstição, certamente não se casaria, já que muitas coisas deram errado naquele dia.

O seu vestido de noiva ficou queimado por um pequeno deslize com o ferro de passar roupa. O carro que a levava para a igreja quebrou no meio do caminho, e sua demora resultou numa bronca paroquial, já que estava agendado, para após o casamento, uma missa fúnebre de sétimo dia, e os parentes do morto aguardavam do lado de fora da igreja, debaixo de um sol quente, o momento de entrarem.

Com tudo isso, Mercedes se casou com Bernardo e, certamente, foi um dos dias mais importantes da vida deles, estavam felizes.

Mercedes só voltaria a ter notícias sobre a fazenda dos Ybarra anos mais tarde, por meio de um jornal que documentou o incêndio fora de controle que consumiu o casarão, transformando em ruínas a grande construção e deixando, como vítima, dona Marília. Era o fim dos Ybarra.

12

Amanhecia e a frente da Vereda Houdini já estava tomada por ambulantes e camelôs que pleiteavam acesso livre ao patrimônio cultural e a possibilidade de se instalarem no local.

Próximo da portaria, uma barreira de manifestantes, com placas, faixas e cartazes, formava um cordão de isolamento, impedindo que os carros de moradores saíssem ou que os funcionários das mansões entrassem. Um aglomerado de gente teve de retornar para o ponto de onde partiu.

A polícia já havia sido chamada. Repórteres chegavam ao local em busca de notícias, cobrindo a movimentação com seus celulares.

A gritaria era geral.

Na tentativa de ser ouvido pelos manifestantes, Odilon esbravejava e tentava desobstruir a passagem. Os funcionários dos casarões tentavam vencer as barreiras do protesto, preocupados com o horário de trabalho. Em sentido contrário à gentarada, estava a fila de carros, que aceleravam e buzinavam, aumentando a confusão.

O caos era nítido e, em meio à multidão, estava Jeremias, querendo entrar a qualquer custo.

Com muito esforço, conseguiu se desvencilhar do empurra-empurra e furar o bloqueio, após achar uma brecha e passar por cima da cancela, resvalando no capô de um dos carros que tomava a frente.

Saindo rápido da confusão, notou a fila de carros que tentavam sair e, então, pegou a calçada e rumou para a casa dos Barnes Bonadini.

Sem que notasse, a porta de um dos carros foi aberta, o motorista desceu e seguiu rápido em sua direção, segurando-o pelo braço e dizendo ao seu ouvido:

– Entre no carro, uma pessoa deseja falar com você.

Era Flores quem o prendia com força e o puxava para próximo de um dos carros, mudando completamente sua direção. Jeremias atendeu sem reação e entrou pela porta traseira do sedan.

Ao entrar no carro, notou um homem estranho que, com um leve sorriso nos lábios, disse-lhe:

– Então, o queridinho do González apareceu! Minha intuição estava certa. Sabia que voltaria. Certamente, a sua moral, agora que é adulto, é bem diferente daquela de adolescente. Apostei que não iria fugir. Você me deve cem pratas, Flores.

O motorista travou as portas e apenas balançou a cabeça, aturdido pela confusão no local.

— Vamos dar uma volta, o senhor Lúcio espera por notícias no hospital.

— Eu só queria me explicar a dona Kíria e desculpar-me com a família...

O topo da cabeça de Jeremias ardia como se estivesse pegando fogo.

— Não se preocupe. A propósito, queria me apresentar, sou Oji.

— E eu, você já sabe, sou Jeremias.

— Sim, Jeremias Cruz. Eu o acompanhei durante todo esse tempo, nos anos de reclusão fui o seu padrinho, financiando seus estudos anonimamente. Esperava realmente que se tornasse padre. Assim, ao menos uma vez na vida, teria empregado bem o meu dinheiro.

— Você que contribuiu com meus estudos?

— Sim, você só precisava ficar por lá, rezar, fazer missas, cuidar dos pobres...

— Não compreendo. González me deixou uma carta dizendo que não matei ninguém. Por que financiar meus estudos? Sim... você devia saber que eu era inocente, foi por isso...

Oji riu com ironia e continuou:

– Não, não foi por culpa, se é isso que quer dizer. Queria apenas que você ficasse por lá, longe daqui.

A confusão e o tumulto aumentaram quando as sirenes anunciaram a chegada da polícia. Alguns carros aproveitaram para acelerar ainda mais, procurando por espaço.

Oji continuou falando:

– Sabe, pensando melhor, até que foi bom você ter deixado o sacerdócio. Aliás, foi na hora certa.

Jeremias ficou sem entender, e Oji continuou:

– Talvez, outra pessoa o tivesse encontrado e o estrago seria maior, de difícil conserto. Quando sumiu, logo imaginei que voltaria aqui. Não foi fácil encontrá-lo na cidade grande, mas passei até a acreditar em Deus quando soube que você estava na casa de González. Seria destino? As coisas não podiam ficar melhores. De perto, fica bem mais fácil de vigiá-lo.

Com a chegada da polícia, alguns carros

conseguiram passar, e eles seriam o próximo. Apenas a chancela os separava da rua.

– González, desde pequeno, era desmedido, apressado, ganancioso, mas ninguém poderia prever que ele se tornaria um chantagista com a própria família, e veja no que deu! – disse Oji em uma inquietante tranquilidade e, pousando os olhos em Jeremias, continuou:

– É claro que Mr. Barnes também atrapalhou, mas a verdade é que a inteligência nunca foi o forte desse irmão, pobre González.

E, fazendo uma reverência com um sinal da cruz, perguntou:

– Mas, diga-me, padre, o que ele escreveu na carta?

Diante da confusão à frente, um policial se aproximou do carro e pediu a eles que retornassem. Flores, abaixando o vidro, implorou:

– Senhor policial, nosso patrão nos espera no hospital, é caso grave.

– Vamos! Retornem antes que atropelem alguém.

Ao ouvirem o policial, os demais motoristas começaram a dar marcha a ré.

Flores, olhando pelo retrovisor, perguntou a Oji:

— O que faço?

— Vamos retornar. Não queremos confusão com a polícia. Vá direto para a garagem, e ficaremos por lá até que as coisas se acalmem.

Quando chegaram à garagem, o celular de Oji tocou, era Kíria.

— Você ainda está por aqui? – perguntou.

— Por quê?

— A polícia está aqui.

— Eu os vi na portaria.

— Digo, aqui dentro, no casarão, querem informações sobre Jeremias. Acharam o celular do González, e a última ligação parece que foi dele, deixando um recado ou coisa assim.

— Diga a verdade. González saiu de férias, e Jeremias, que cobriu o seu lugar, não apareceu para o trabalho.

— Eles parecem desconfiados de alguma coisa.

– Não temos nada a esconder. Fique tranquila.

Em um movimento brusco, após desligar o celular, Oji acertou Jeremias, que desmaiou com o golpe inesperado em sua cabeça. Em seguida, vasculhando o paletó dele, encontrou a carta e a leu rapidamente, para dizer em seguida:

– A polícia está aqui no casarão. Imobilize o pobre, coloque-o no porta-malas e deixe a garagem, que vou conversar com os policiais. Depois, cuidaremos dele. Ele não sabe de nada.

*

Longe dali, entre ciprestes, anjos de pedra e diferentes tipos de cruz, Mr. Barnes chegava a um cemitério suntuoso. Diante da lápide de sua irmã, retirou o anúncio de jornal do bolso e leu novamente a nota de falecimento da pequena; mais abaixo, no mesmo jornal, leu também uma nota em nome de outra família, falecimento de pai e filho. Sem nenhuma surpresa, observou um fato nunca notado anteriormente: ao lado da lápide de Lilly, estava a lápide dos membros dessa outra família, que haviam morrido no mesmo dia.

A comprovação dos documentos de González o deixou sem ação por alguns instantes. "Quem eram eles?" – perguntou a si próprio.

Anotou as coordenadas do lote e resolveu tomar explicação na administração do cemitério.

Ao chegar à administração, notou que um trabalhador humilde, rodando o chapéu entre as mãos, falava com um homem presunçoso que estava atrás de um balcão e parecia ser o burocrata que administrava o local. Ao notar a chegada de Mr. Barner, o trabalhador deu licença a ele, permanecendo próximo.

– Gostaria de informações sobre este lote – e mostrou as coordenadas.

– O senhor pertence à família? – perguntou o burocrata.

– Na verdade, pertenço à família ao lado, Barnes Bonadini, e esses túmulos estão muito malcuidados, e gostaria de reclamar com seus proprietários.

– Sinto muito, senhor, mas não damos essas informações. O senhor pode preencher um formulário, e encaminharemos a reclamação à família responsável.

– Não quero preencher formulário. Quero o nome do proprietário responsável.

– Lamento, senhor, informações somente para membros da família – e, virando-se, deixou Mr. Barnes de lado e se dirigiu ao fundo da sala, encerrando a conversa.

Mr. Barnes, ainda contrariado, tentou argumentar, mas foi ignorado pelo homem. Enquanto saía da administração, foi interrompido pelo trabalhador de chapéu nas mãos.

– Senhor, se tiver alguma queixa da limpeza, desculpe-me, eu faço o que posso e recebo para deixar tudo bem limpinho.

Mr. Barnes, olhando para aquele homem de idade avançada, carcomido pelo sol e pelas rugas, não pensou duas vezes para perguntar:

– Conhece a família que é dona daquele lote, ao lado da Lilly Barnes Bonadini?

– Trabalho aqui há mais de trinta anos. Eu era coveiro, agora me aposentei e faço bico de limpeza. Conheço cada túmulo deste lugar.

– Então, sabe da família?

— Conheço os mortos, não os vivos. Botei reparo quando o doutor mostrou o número dos lotes. É de um pai e de um filho. História triste, a viúva vem sempre aqui, traz flores e reza.

— Você a conhece?

— Como eu disse, doutor, conheço só os mortos, mas não sou de prosa com os vivos. Faço meu serviço direitinho, deixo tudo limpinho, e o homem vem todo mês e me paga.

— Que homem?

— Deve de ser algum doutor. Ele me dá uma gorjeta e está sempre bem-vestido.

— Sabe o nome dele?

— Ah, isso é fácil, o nome dele é Hoje.

— Hoje? Oji?

— Isso mesmo.

— E a mulher que visita, quem é?

— Ara, doutor, não sei dizer. Só sei que hoje é dia de ela vir. Ela vem toda semana, no mesmo dia, quase na hora de fechar.

— Você disse que era coveiro, lembra-se de mais alguma coisa?

— Enterrei muita gente, ricos e pobres, nessa hora a dor é a mesma. Não vou me lembrar, assim, de cada um. Todos choram e poucos voltam...

Tirando algumas notas do bolso, Mr. Barnes agradeceu ao trabalhador pela atenção e afastou-se dele.

Dando alguns passos em direção à saída, um *insight* veio à mente de Mr. Barnes, que mudou de direção e voltou para a sala da administração, chamando o burocrata e pedindo:

— Quero ver os túmulos em nome de minha família. Sou Ralf Barnes Bonadini, filho de Lúcio Bonadini, aqui estão os meus documentos.

13

A manhã já se estendia, e o senhor Lúcio ainda aguardava a visita do doutor Medeiros.

Ellen estava em sono profundo quando começou a ouvir uma voz que lhe chamava.

— Doce Ellen, acorde...

Ela tentou abrir os olhos, mas não conseguiu.

– É você?

– Quem...?

– O meu amigo. O homem que vive na estátua.

– Ele não pôde vir.

– Por quê?

– Logo você vai entender, está chegando o momento de todos nós darmos um passo à frente.

– Não entendo...

– Preciso que você nos ajude.

– Eu? Como posso ajudar?

– Primeiro, ouça-me com seu coração. Tenho lhe acompanhado há muito tempo, sei de seus sonhos de criança, de seus dons, de sua sensibilidade, de sua solidão... Sua alegria foram seus filhos, acolhidos com imenso amor... A vida os tirou de seu regaço, mas o amor está cravado no coração de vocês. Você continua aqui, com o seu aprendizado de ser mãe. Eles continuam amando-a e necessitados de seu amor, de seu carinho, de suas boas vibrações. Nenhum filho gosta de ver sua mãe chorando. A saudade é sentida com carinho e une, a revolta desequilibra e separa. Alivie a vida, Ellen. Ninguém é perfeito. Alivie o que espera dos outros, assim você se sentirá mais leve e se permitirá errar também. Perfeição não é prerrogativa da tranquilidade. Muitos outros também sofrem, mas escolheram viver, sabendo que terão dias bons e dias ruins. Nem tudo é como julgamos ou imaginamos, estamos longe de conhecer a verdade, não perca tempo decretando sentenças, estreitando sua própria vida. Liberte-se. A verdade necessita de espaço para ser compreendida. Deixemos de julgar o que está fora e olhemos para as mentiras que escondemos dentro de nós.

– Será que tenho salvação?

– Não existe salvação. O que existe é evolução, somos livres dentro de nossas escolhas, e cada escolha é um aprendizado.

– Eu não escolhi perder meus filhos.

– Não – disse a voz –, escolheu ser mãe. Ninguém aprende fechado em si mesmo. O perdão não extingue o débito, mas é passagem para o recomeço. Pense nisso, doce Ellen, e que a mãe de todas as mães, aquela que também perdeu seu filho e abraçou a todos nós como seus filhos, possa inspirar nosso coração, hoje e sempre. Ore, Ellen, você não está só.

Quando Ellen abriu os olhos, viu que Lúcio conversava com o doutor Medeiros. Fechou-os novamente e, disfarçando sono, ficou atenta à conversa.

– Ela teve mais uma crise nervosa, e sinto-me responsável pelo sofrimento psíquico dela.

– Você nos ajudou... – disse Lúcio.

– Ajudei? Sinto-me um covarde, sou confidente dela há anos e nunca tive coragem de dizer o que aconteceu...

– Ela não suportaria a verdade. Sou o marido, sei o que estou dizendo.

– Eu errei muito, mas você sempre a tratou como uma incapaz de aprender com a vida, sempre a poupou das desilusões...

– Não me venha com sermao agora, ambos ganhamos e, além do mais, nada disso teria acontecido se você não tivesse feito o que fez.

– Você não entende, não é? Não estou pensando em mim ou em você, mas em Ellen, acho que ela merece a verdade. Todos esses anos sendo tachada de louca, a repulsa por Ralf...

– E você já se esqueceu de que a verdade não envolve apenas nós?

– Por isso mesmo, todos merecem saber...

– E o dinheiro que lhe dei? E a sua carreira? E a reputação deste hospital? Crise de consciência nesta idade, doutor? Não quero que você abra o bico, temos muito a perder.

– Há trinta anos eu era um recém-formado prepotente...

– Cale sua boca!

Nesse momento, o celular do senhor Lúcio tocou, e ele recusou a ligação.

– Eram para ser apenas duas cirurgias simples – disse o médico –, seus filhos estavam vivos. O anestesista não completou os testes que devia, pois eu estava com pressa e o fiz negligenciar os procedimentos. Acreditei que era um desafio pequeno demais, muito abaixo da minha competência. Um descuido, e tudo se arruinou...

– Fique quieto! Ela pode ouvir.

O celular de Lúcio insistia em tocar, mas ele ignorava, já sem paciência.

– O choque anafilático das crianças salvou Ellen. Ela também devia ser alérgica, deduzi isso a tempo de reverter sua anestesia.

Após o desabafo, doutor Medeiros tirou os óculos, enxugou o suor que escorria pelo rosto e pela barba com as mãos e se entregou à poltrona defronte da paciente.

O telefone de Lúcio tocou novamente. Ele se afastou, indo atender à ligação no fundo do quarto. O médico, ao olhar para a paciente, percebeu que duas lágrimas desciam de seus olhos. Ele, então, aproximou-se dos ouvidos de Ellen e sussurrou:

– Sinto-me mal pelo que fiz e por trair sua confiança. Eu errei e acabei concordando com um plano nefasto, um capricho, uma ilusão de colocar as coisas no lugar... A causa de sua doença é uma mentira, contada há trinta anos. Lamento profundamente o que fiz e sofro um remorso que me devora a alma... Piedade, Ellen, piedade...

*

No quarto ao lado, Mercedes chegava trazendo o livro que o velho amigo havia solicitado.

– Bom dia ou boa tarde, acho que já passamos do meio-dia.

– Você voltou, que surpresa – disse o velho, trêmulo, em tom sarcástico.

– Sei que não está feliz em me ver, mas veja o que trouxe – e mostrou o livro que tinha nas mãos.

– Veio ler ou levar-me para casa?

– Os dois!

– Então, vamos, antes que aquele dublê de Karl Marx me mande fazer mais exames.

– Não fale assim, o doutor Medeiros é um neurocirurgião conceituado.

– Eu sei, mas é preocupado demais. Já me virou de ponta-cabeça, quer saber o que há comigo. Para quê? Sei que vou morrer.

– Você sabe o que desencadeou a sua doença.

– Quem pensa em consequência quando está cheio de saúde e só quer aproveitar o momento? Aproveitar... como se pudéssemos enganar a vida.

Fez-se um breve silêncio.

– Doutor Medeiros é quem provavelmente vai operar o Matheus, após o tratamento da quimioterapia – retomou a conversa Mercedes.

– Matheus?

– Você gosta de fazer tipo e está todo engraçadinho hoje. Sabe muito bem que estou falando do garoto que eu e Celeste estamos trazendo ao hospital. Doutor Medeiros o está acompanhando de perto, de maneira atenciosa, e não está cobrando nada.

– Depois sou eu quem faço tipo. Que bonzinho que ele é... – disse o velho na mais pura ironia.

– Não sei se ele é '"bonzinho", estaria julgando se assim dissesse, só sei que nos ajuda.

– Já vai dar lição de moral. Melhor começar a ler, e ficarmos por aqui.

– Vamos para casa logo, deixe-me ajudá-lo.

*

– O que você quer, Oji? Não percebe que estou ocupado? Achou o motorista? – perguntou ao celular, em tom abafado e grave, o senhor Lúcio.

– Achei.

— E onde ele está?

— Está guardado aqui no casarão. Liguei porque a polícia esteve aqui, estão desconfiados, podem achar mais coisas, e eu não gostaria que nada disso acontecesse.

— E você acha que eu gostaria? Peça a Kíria que faça as malas de Ellen e as minhas. Diga ao Flores para trazê-las até o hospital, com nossos passaportes.

— Vou tentar. Na Vereda, ninguém entra ou sai.

— Pois então, vire-se! Parto com Ellen assim que ele chegar.

— E o menino Ralf?

— Ele sabe se cuidar e, certamente, ainda não sabe de tudo. Ellen é que me preocupa. Preciso tirá-la daqui. Depois disso, comece a providenciar a mudança definitiva dessa casa, venda o imóvel e suma com todos os rastros, você me entendeu?

— Deixe comigo.

— Se Ralf aparecer, avise-me — ordenou o senhor Lúcio, desligando, em seguida, o celular.

Só, então, reparou que Ellen chorava de olhos fechados.

– Medeiros, o que você fez? O que você fez, Medeiros? – gritou o senhor Lúcio, sacudindo o médico pelos ombros.

Ellen continuava de olhos fechados, como quem se recusa a enxergar o que está à sua frente, num misto de vergonha e desilusão.

14

A brisa balançava os lençóis, e a claridade do dia deixava mais alva a roupa debruçada no varal de arame farpado, erguido para o céu por uma grande vara de bambu. O mato alto ainda estava molhado pelo orvalho da noite. O barulho da água jorrando fez com que olhasse para o lado e visse duas mulheres compartilhando a torneira de um tanque, no qual lavavam e torciam roupas para, depois, colocarem em bacias ao sol.

Sentiu novamente o cheiro de lenha queimada, olhou em volta e não viu nenhuma casa, o mato cobria a visão. Próxima ao tanque, uma pequena chama, debaixo de uma grade lata, fervia água, formando espumas....

Ouviu uma mulher perguntar: "Precisa de ajuda?".

– Precisa de ajuda?

Mr. Barnes abriu os olhos e viu uma mulher, de olhar preocupado, curvando o corpo em sua direção enquanto buscava seus olhos.

– Acabei adormecendo, não se preocupe – e esfregou a mão no rosto, ao mesmo tempo que se sentava corretamente e aproveitava o ensejo para medir a senhora de cima a baixo, e continuou a dizer:

– O dia está quente. Sentei-me à sombra, neste banco, para refrescar e acabei cochilando enquanto esperava... – e pensou:

"Será que é ela?"

– Esperava?

– Vim visitar a minha irmã – disse desconversando.

– Eu vim para visitar meu marido e meu filho. Sua tatuagem me chamou a atenção, achei que tivesse ocorrido alguma coisa, desculpe-me – e foi se afastando, fazendo sinal com a mão para se despedir.

"Não pode ser ela, é totalmente diferente do que imaginei."

Antes que Mercedes tomasse distancia, Mr. Barnes ficou em pé e a chamou:

– Por favor, senhora, espere, podemos conversar?

Mercedes parou e ficou esperando o rapaz dar sequência em sua fala.

– Como lhe disse, perdi minha irmã quando eu ainda era criancinha e acho que nunca soube lidar com o fato; esse assunto sempre me causou desconforto, pois cresci sem saber o que realmente aconteceu...

– Compreendo, mas acredito que seja um assunto de família.

– A senhora conhece minha família?

– Crcio que não.

– Sinto que posso confiar na senhora e serei bem claro.

– Sou toda ouvidos.

— Minha família tentou me proteger, ocultando as reais circunstâncias da morte de minha irmã. Histórias que só me confundiram e me afastaram da verdade...

— Antes que continue, como você se chama?

— Ralf Barnes Bonadini — respondeu, estendendo a mão para cumprimentá-la. — E a senhora?

— Mercedes — e, retribuindo o aperto de mão, continuou: — Realmente, que eu me lembre, não conheço ninguém com seu sobrenome... Nem sei como posso ajudá-lo...

— Preciso de informações, pois reparei que seus familiares e minha irmã faleceram no mesmo dia e foram enterrados um ao lado do outro, em sepulturas compradas pela empresa da minha família, como acabei de confirmar no escritório deste cemitério.

— Não sei aonde quer chegar. Quem me ajudou na época foi a família de meu antigo patrão e nunca reparei na coincidência da proximidade e das datas dos túmulos.

— Acho que tudo pode ser mais que isso, a

senhora aceitaria um convite para tomarmos um café e continuarmos a conversa em outro lugar? Aqui, logo vai fechar.

– Perdoe-me, estou hospedando em casa um amigo que acabou de sair do hospital, uma amiga em comum é que lhe faz companhia, preciso voltar.

– Será, então, que posso procurá-la em sua casa mais tarde?

– Hoje é dia de reunião, de um grupo que participo, e será lá em casa.

– Não quero atrapalhar.

– Vá por volta das dezenove horas, assim conversaremos antes.

– Combinado. Senhora, só mais uma coisa, e me desculpe pelo atrevimento, quais foram as circunstâncias da morte de seu marido e de seu filho?

– Um acidente. Um terrível acidente.

– Foi o que houve com minha irmã também. Sinto que a senhora pode me ajudar mais do que imagina, e posso afirmar que não estamos diante de coincidências.

*

A polícia havia conseguido dispersar o protesto em frente à Vereda Houdini, deslocando os manifestantes para o outro lado da avenida e permanecendo apenas com uma viatura no local, para observar a movimentação.

Odilon, contrariado, varria a frente da portaria, amontoando as faixas, os cartazes e todo tipo de material deixado para trás.

– Que desperdício – falava baixinho.

– Culpa sua, Odilon. Fica dando trela para essa gente e, no final, sobra para nós, veja só a que horas estou saindo – reclamou Terezinha, passando ligeira por Odilon. – Vou perder meu ônibus!

– Como diria Sartre, madame Terezinha: "O inferno são os outros". Sempre os outros. – E, percebendo que falava sozinho, continuou: – Haja equilíbrio...

Do outro lado da avenida, alguns ambulantes tentavam se organizar para retomar a venda de suas mercadorias, outros avaliavam a necessidade de novo protesto, fazendo um abaixo-assinado que solicitava ao prefeito e à câmara de vereadores o acesso ao patrimônio cultural.

Um dos líderes do movimento dava entrevista a jornalistas:

– Nós só estamos trabalhando, vendendo nossos produtos, a prefeitura autorizou, e nós pagamos as taxas e os impostos. Por que a gente incomoda tanto? Em nome da beleza, vão fechar a cidade com cancelas, e deixar de fora aqueles que nos incomodam? É assim que vão resolver? Nós não queremos apenas ver a beleza, queremos fazer parte dela em nossa cidade. E é isso que a gente *tá* pedindo.

*

No casarão, Kíria subia a escada para arrumar as malas do casal. Encontrou Oji descendo apressado, segurando um pequeno quadro nas mãos e bradando:

– Rápido, mulher. O Flores já deve estar esperando na frente da casa. Se precisar de ajuda, pode chamá-lo.

– Não precisa – respondeu Kíria, continuando a subir lentamente os degraus da escada.

A chegada repentina do senhor Lúcio, a

viagem inesperada do casal e, depois, ter que desocupar e preparar a mudança de todo o casarão, tudo aquilo não fazia nenhum sentido. Essa afobação de querer as coisas de maneira imediata, num estalar de dedos, deixava Kíria contrariada e, consequentemente, esgotada física e emocionalmente.

Dentro do quarto, olhou de maneira a se despedir daquilo tudo, relembrou a madame Ellen, sentiu uma ligeira tontura e uma certa sufocação. Abriu as janelas, estava abafado, e afastou as cortinas com força, permitindo a passagem da luz e do vento. De todos os cômodos da casa, aquele quarto era o que mais a incomodava, talvez pela lembrança dos momentos de quase morte da senhora Bonadini ou talvez pela decoração carregada.

Sentou-se na banqueta da penteadeira, aguardando a passagem do mal-estar, viu os perfumes, os potes de creme, uma escova de cabelo largada displicentemente, alguns batons deixados ao acaso, pegou um deles e, antes que se desse conta, retirou a proteção e analisou a cor. Arrastada por um impulso, que não pôde dominar, voltou-se para o espelho, rabiscou-o de maneira inconsciente; em seguida, parou e deixou o batom cair ao ouvir uma voz em seus ouvidos:

"Era você que eu queria, rameira!"

Num susto, despertou do transe, virando-se rapidamente ao som de um barulho que vinha da porta. Era Manu quem chegava ao quarto.

– Por Deus, Manu, que susto!

– A senhora me pediu que eu a ajudasse. Está tudo bem?

– Sim, sim, somente uma leve tontura.

– Está pálida. Quer um copo d'água?

– Ora, menina – respondeu Kíria, reconstituindo-se –, não se atreva a falar de minha aparência. Aliás, você já se olhou no espelho hoje? Arrume esse cabelo!

Manu, passando a mão nos cabelos, voltou-se para a penteadeira e, intrigada com o que via, perguntou, curiosa:

– O que é isso no espelho? São rabiscos de batom, parece uma assinatura...

Kíria, ao fixar os olhos naqueles riscos e

pontos no espelho, levantou-se bruscamente e saiu do quarto, ordenando:

– Limpe essa sujeira e comece a arrumar as malas de madame Ellen. Vou beber um copo d'água e já volto.

Na garagem do casarão, Oji chamou Flores para retirarem Jeremias do porta-malas. Com cuidado, Flores acionou a abertura. O estalo do capô levantando-se foi o suficiente para Oji sacar sua arma.

– Cadê ele? – disse, assustado, o ajudante, soltando por completo o capô.

– O maldito conseguiu escapar! Reviste o casarão, ele ainda deve estar por aqui.

15

Na calçada, defronte da sua casa, Mercedes ouviu uma música alta e a inconfundível risada de Celeste. A trilha era um tango de Gardel. Ficou contente, pois sabia que seu amigo só ouvia esta música quando estava feliz.

Abriu a porta do pequeno sobrado e viu que

Celeste e seu velho amigo tentavam dançar e que ele se divertia com suas limitações.

— Que bom humor é esse?!

— A boa música faz bem. Junte-se a nós, venha se divertir. Celeste está me ensinando a dançar novamente.

— Este nosso amigo continua doido e mentiroso. Ele que me tirou para dançar. Estou até com falta de ar.

— Não é você quem diz que o bom humor é uma forma requintada de levar a vida? – perguntou o velho, largando o corpo na poltrona, demonstrando dor e cansaço.

Do piso superior, ouviu-se uma voz:

— Gente, daria para abaixar um pouco a música? Estou tentando fazer a Sofia dormir.

Celeste e o velho arregalaram os olhos, e foi ele quem disse:

— Desculpe, Vitória, empolguei-me, já vou desligar, minha querida – e fez sinal com a mão para que Mercedes desligasse o aparelho.

— Sem problema – gritou Vitória em resposta.

— Desculpe-me também — disse Celeste

— Perdão, Mercedes, eu me empolguei — falou pausadamente o velho

— Deixem disso, vamos para a cozinha. Precisamos comer algo e preparar o fundo da casa para a reunião de hoje.

— Eu lia e ele estava quieto, vendo o jornal na televisão, quando, de repente, ele colocou esta música para tocar.

— Até vocês vão gostar da ideia que tive — retrucou o velho, batendo com força a bengala no chão.

Enquanto andavam, Celeste falou:

— Tenho uma notícia triste, Matheusinho não está nada bem.

— Ele piorou? — perguntou Mercedes.

— Parece que sim, teve de ser internado. Já pedi que coloquem o nome dele no caderno de vibrações, lá do Centro.

— No final da reunião de hoje, você pode fazer a prece lembrando-se dele. A prece também é uma forma de todos ajudarem.

– E vocês acham que a prece vai salvar o menino? – questionou o velho, sentando-se na cadeira da cozinha.

– Não sei. A prece não atende aos nossos desejos, atende às necessidades do Mateus – respondeu Mercedes.

– Hum... Vai ver que ele tem de passar por isso!

– O que está dizendo, logo você? – perguntou Mercedes, já afirmando: – Esse argumento é de quem lava as mãos diante do mundo.

– Mas não é o que dizem? Sofre hoje porque foi mal ontem?

Mercedes franziu a testa e olhou contrariada para o velho, dizendo:

– A Lei de causa e efeito existe, porém a fantasia e a imaginação também.

– E o que Deus anda fazendo, que não vê esse disparate? – alfinetou o velho.

– Onde sempre esteve: acima de tudo – disse Celeste e continuou:

– Deus é Deus. Somos nós que devemos ver

o disparate. A confusão religiosa é a pior escuridão. Se Matheus apareceu em nosso grupo, à nossa frente, foi porque, de alguma forma, podemos ajudar. E se posso ajudar, por que não faria isso? – concluiu Celeste.

– Está tentando ser boazinha igual à senhora perfeita? – perguntou o velho, em tom desafiador, e foi Mercedes quem se virou, rogando:

– Nem responda, Celeste, ele está tentando nos irritar – disse Mercedes enquanto coava o café.

– E está quase conseguindo...

O velho riu e foi surpreendido por Celeste, que apertou seu rosto com as mãos e beijou a sua testa, dizendo:

– Eu o amo, resmungão. – E, voltando a se sentar, continuou em tom sério: – Gostaria de compreender o sentido da vida que me cerca – e, depois de uma pausa, continuou:

– Quando minha mãe morreu, fiquei sem chão, pedia a Deus que me orientasse, eu havia perdido a pessoa mais digna, o ser humano mais belo que conheci. Revoltei-me! Minha vida já não era suficientemente ruim? Já não estava sofrendo o bastante, precisava perder minha mãe também? Mexendo nas coisas dela, achei um livro. Era um livro mediúnico, com cartas psicografadas, de pessoas que já haviam desencarnado e que voltavam dando notícias, mensagens de muito amor, de carinho, de gratidão. Eu não consegui chegar ao final de nenhuma mensagem, eu só pensava em achar um médium e em poder me comunicar com minha mãe. Passei meses procurando por isso, até que desisti. Muito tempo depois, encontrei o livro novamente e pude ler e perceber que as mensagens falavam ao meu coração, como as palavras de minha mãe. Naquele momento, reencontrei minha mãe. O livro sempre estivera ali, e eu tinha ido tão longe à procura de respostas que dessem sentido à vida. E tudo o que eu precisava estava ali, ao meu lado, bastava eu querer enxergar, confiar.

– O tempo nos ajuda a compreender muitas coisas... – disse Mercedes, reflexiva.

Os três se calaram em um breve silêncio, quando Celeste continuou:

– Por um bom tempo, vivi esperando uma

comunicação ou o dia de viver outra vida, ao lado de minha mãe, na Espiritualidade. Demorou para perceber que eu não estava vivendo, estava apenas sofrendo, esperando uma compensação... Vivia mais pensando em uma vida futura do que na presente, na minha vida atual. Eu não percebia que menosprezava a minha própria mãe, que se esforçou, que lutou para que eu tivesse vida! Hoje, eu agradeço e, embora saiba e acredite que a vida continua, aquele livro também me mostrou que sou eu quem vive e constrói a vida de agora, independentemente de qualquer coisa. Minha oportunidade para ser feliz é aqui, e não depois.

O velho tentou falar, mas a sineta da campainha rompeu a harmonia da conversa.

– Deixe que eu atendo – disse Mercedes, enxugando as mãos e soltando o avental, passando-o para Celeste.

– Vá, e vamos parar com esse assunto – falou o velho, sentado.

– Mas é cara de pau – disse Celeste, sorrindo. – Foi você quem começou.

– Deve ser o rapaz que conheci esta tarde – continuou Mercedes. – Pedi a ele que chegasse mais cedo. Celeste, você pode terminar de servir o café e arrumar os fundos para a reunião?

*

No casarão, Flores já havia saído, levando as malas e os documentos dos Barnes Bonadini.

Oji, depois de procurar Jeremias, inutilmente, por toda a casa, ficara à espreita, próximo aos portões do casarão.

"Sei que você ainda está por aqui. O González me falava que você é um rapaz esperto. Quem sabe vocês se encontrem no inferno hoje."

Kíria estava no escritório, terminando seu expediente junto a Manu. Como de costume, trancou as gavetas de sua escrivaninha e, ao se levantar, quando se preparava para sair, ouviu Manu dizer:

– Desculpe, senhora Kíria, Jeremias me disse que posso confiar na senhora, mas tenho receio.

– De que está falando, menina?

— Preciso de sua ajuda.

Kíria sentou-se novamente.

— Diga logo, estou cansada, quero ir para o meu quarto.

— O problema é justamente com o seu quarto.

— O que aconteceu com o meu quarto? Diga, Manu!

— Vamos até lá. Vou mostrá-lo à senhora.

Saíram as duas do escritório, após Manu pegar a chave do quarto e, tentando disfarçar a tensão da "dama de ferro", perguntar:

— A senhora melhorou?

— Não me enrole, Manu.

— Aquele rabisco no espelho parecia ser uma assinatura – comentou Manu.

— Quando eu era criança, tinha mania de copiar a assinatura de meu pai. Acho que reproduzi sem pensar, em um momento saudosista.

Pararam em frente à porta do dormitório. Manu tomou a dianteira, tirando uma chave do bolso e abrindo a porta com cuidado.

– Por favor, senhora, não grite. Posso explicar tudo.

Quando as duas entraram, Manu trancou a porta novamente.

– O que houve, afinal de contas? Exijo que abra esta porta imediatamente!

Kíria sentiu um odor de cigarro e se virou para o interior do quarto.

– Boa noite, senhora.

– Jeremias, o que faz aqui?! Vou chamar os seguranças.

– Não faça isso, senhora – disse Manu, interrompendo sua passagem. – Por favor, podemos lhe explicar tudo. Perdoe-me pelo atrevimento, mas eu sabia que, em seu quarto, Oji não viria procurá-lo. Ele e Flores haviam trancado Jeremias no porta-malas de um dos carros na garagem.

– O que você aprontou desta vez, rapaz

– Sente-se, senhora, vou lhe contar tudo, desde a minha noite no hospital – disse Jeremias.

*

– Boa noite, dona Mercedes. Cheguei muito cedo?

16

Entrando no pequeno sobrado, Ralf reparou na simplicidade do local. Uma carranca de madeira dava as boas-vindas. Alguns quadros cobriam as paredes, uma cristaleira no canto guardava peças e bibelôs, como se fossem parte de alguma coleção antiga, além de copos e xícaras. Ao lado, uma estante sustentava a televisão, um velho aparelho de som e algumas estatuetas.

Noutro canto da sala, um vitral. "A única peça de bom gosto, embora faça parte de uma janela." – pensava Mr. Barnes. No sofá, uma capa escondia o estofamento.

As risadas de Celeste e o vozeirão entrecortado do velho preenchiam o local.

– Vamos ficar aqui na sala, onde teremos mais privacidade. Aqueles dois da cozinha são muito invasivos. Aceita um café?

O rapaz aceitou, e logo Mercedes se sentou

ao seu lado, com uma bandeja e duas xícaras com café fumegante.

– Está fresquinho, acabei de coar. Então, sobre o que quer conversar?

Ralf trazia nas mãos uma pasta que continha cópia da documentação que havia encontrado. Naquele instante, reparou melhor na mulher, em seus cabelos presos, que começavam a branquear, na pele mestiça, nos olhos negros, nas veias ressaltadas nas mãos e no pescoço, e que usava o mesmo vestido do cemitério. Nada lhe trazia sintonia, nem com o que via, nem com o que ouvia, nem com o sabor do café. Devia estar enganado, achando que as pessoas, pai e filho, sepultadas naquele túmulo poderiam estar relacionadas à morte de sua irmã.

"Acho que sou filho do diabo mesmo."

E, desistindo do que lá fora fazer, decidiu ir embora.

– Senhora, peço que me perdoe. Ainda há pouco, estava afoito e inquieto, mas o tempo me acalmou. Tenho andado sob forte estresse desde que voltei para o Brasil.

E, ficando em pé para se despedir, teve um sobressalto, vendo, sobre a cristaleira, um canivete com cabo de madrepérola com listras brancas e pretas, igual ao de seus sonhos.

– Aquele canivete... – falou, apontando para o objeto.

– Era de meu marido. Nós viemos do sítio. Sempre se anda com um pequeno canivete na lavoura, é preciso experimentar as frutas de cada talhão.

– Do sítio? Tinha um fogão a lenha? Era uma casa sem forro, chão vermelhão e janelas de madeira?

– Sim, como a maioria das casas do sítio.

– Seu marido tinha cabelos até os ombros? Usava alguma bota preta com bico de metal?

– Sim, ele adorava. Como você sabe?

– A senhora tem alguma foto dele?

– Não. Tivemos pouco tempo e nenhum dinheiro.

– Senhora, sei que vou lhe parecer louco ou que, talvez, a senhora fique um pouco assustada, mas está tudo aqui – disse, colocando uma das mãos sobre a pasta. – Diz respeito à senhora e a mim!

– A nós? – indagou, recuando estranhamente o corpo.

Ralf balançou a cabeça de forma afirmativa e continuou:

– Vou lhe deixar estes documentos para que os examine, porém, antes, necessito que a senhora confie em mim e que responda a algumas perguntas, por favor...

– Moço, você está me deixando nervosa...

– Eu gostaria apenas de saber sobre a sua família, dona Mercedes.

– Pergunte, então...

– Como aconteceu o acidente que levou seus familiares?

– Meu filho era ainda um bebê de pouco mais de um ano, estava dormindo. Eu havia estendido uma coberta no mato fofo, bem próximo do lugar onde eu e minhas amigas lavávamos as roupas, num tanque da fazenda.

— Ferviam as roupas?

— Sim, fervíamos, quarávamos, estendíamos... O mato estava alto, eu nem sei como tudo aconteceu. Ouvi um grito de Bernardo e, em seguida, um barulho alto, parecia que até o chão tinha tremido, olhei e só vi a coberta vazia. Ouvi o choro abafado de meu bebê e corri ao encontro, desesperada, e vi Bernardo desacordado, no fundo de um antigo poço abandonado, havia terra por cima dele, não conseguia ver meu menino, só ouvia o seu choro. Eu chamava por Bernardo, mas ele não respondia...

Um silêncio se fez ouvir, pela primeira vez, na casa.

— Ainda hoje é muito triste relembrar.

— Desculpe-me, mas não pediria isso se não fosse importante para nós.

— Tivemos de esperar os bombeiros, porque as paredes do poço estavam desmoronando. Os vizinhos me seguravam, eu queria descer, ver o que estava acontecendo, salvar eles... Os paramédicos me medicaram. De repente, não ouvi mais o choro de meu bebê e percebi a agitação dos bombeiros. Entrei em desespero, corri para perto do poço, mas não conseguia ouvir o que eles diziam. Nesse momento, levaram-me para casa, e vi que Bernardo havia deixado o canivete e a xícara de café, ainda cheia, na soleira da porta da cozinha... Ouvi o choro de criança, os bombeiros conseguiram retirar meu filho com vida e levaram para o antigo hospital de base. Infelizmente, Bernardo não sobreviveu. No hospital, disseram que meu filho teria de passar por uma cirurgia... horas depois, informaram-me de que ele estava morto.

– Como eles caíram? Seu marido não conhecia o sítio?

– Sim, conhecia muito bem. Os bombeiros acreditavam que, quando Bernardo viu que nosso filho engatinhava próximo ao poço, saiu correndo para salvá-lo, e o terreno em volta cedeu. Encontraram Bernardo com o nosso filho nos braços. Seu corpo amorteceu a queda... Bernardo morreu ali e o meu bebê, no hospital.

– Na primeira vez em que conversamos, a senhora me disse que a família de seu antigo patrão a ajudou...

– Sim, um dos netos do senhor Ybarra. Eu não tinha ninguém, ele estava no hospital naquela hora. Foi ele quem me ajudou.

– Por acaso ele se chamava Oji?

– Não, ele se chamava Olavo Ybarra, ou melhor, Olavo González Ybarra, o González era da parte da mãe.

Mr. Barnes ficou pálido.

"O-g-y... Ogy!" – pensou Mr. Barnes.

– Era chamado de Lavinho pela família. Ralf, você está bem? – perguntou Mercedes.

– Perdoe-me, senhora. Acabo de descobrir que meu herói se trata de um vilão. Acho que preciso de um copo d'água. O que a senhora acha que devo fazer? Estou confuso...

– Não sei o que está dizendo, talvez deva começar a entender que não há heróis, nem vilões, nem santos, nem pecadores... Esse pode ser um começo.

Depois de beber a água, Ralf se levantou.

– Por ora, peço que me perdoe por fazê--la reviver o passado, saiba que não foi em vão.

Deixo com a senhora estes papéis, veja com calma e atenção. Perceberá que outras duas crianças também deram entrada, no mesmo dia, no antigo hospital de base, uma delas com a mesma idade de seu filho.

Mercedes olhava sem entender para Mr. Barnes, que continuou apressado:

– Sinto não poder ficar para a reunião, quem sabe outro dia. Amanhã, retornarei.

17

Kíria se encontrava perplexa diante das informações recebidas. Eles seriam realmente capazes de terem ido tão longe?

Um estrondo na porta do quarto assustou a todos.

Com um só golpe, Oji estava diante deles. Os demais funcionários do alojamento correram para fora de seus quartos e ouviram a voz furiosa de Oji:

– Desgraçado, agora você não me escapa mais!

Em seguida, um tiro e o grito desesperado de mulher.

Oji saiu do quarto aturdido, carregando uma arma na mão. O grupo de curiosos abriu passagem, facilitando a sua fuga. Em seguida, todos entraram no quarto de Kíria.

Ao entrarem, depararam-se com uma cena inesquecível, Kíria, atirada ao chão, sangrando nos braços de Jeremias, enquanto Manu fazia pressão no ferimento, tentando estancar a hemorragia, ao mesmo tempo que gritava por socorro.

A elegante senhora agora estava pálida e, com olhar turvo, parecia procurar algo. Com a ponta dos dedos, agarrou o escapulário de Jeremias, que pendia próximo a seu corpo, e num último esforço balbuciou:

– Fuja, vá embora...

Jeremias respondeu como num reflexo:

– Sinto muito, desculpe-me.

Depois disso, a "dama de ferro" suspirou aliviada e fechou seus olhos.

*

Em outro plano, no mesmo local, um velho, literalmente caindo de joelhos, dobrava-se diante da cena; curvado e com as mãos entrelaçadas, suplicava:

— Não, não, não... Era para acertar o intruso. *"Dios, perdoname. Ella no puede morir."* Rameira perdida, *"hija de mi corazón"*!

Uma sintonia de rancor e de mágoas, alimentada por muitos anos, deu lugar ao pedido sentido. Um pai rígido e enérgico se envergara diante do amor que sentia pela filha. Ali, naquele instante, via a menina de outros tempos que, correndo pela fazenda, pulava em seu pescoço. A imagem era tão nítida, que o velho cruzava os braços sobre o peito, como que segurando a menina em seu regaço. Um sentimento adormecido estremeceu a alma e calou o ódio daquele Espírito sofredor que, emocionado, dizia:

— Queria que você ficasse ao meu lado, que crescesse junto de mim, que cuidasse dos negócios da fazenda, mas você se iludiu. Eu não devia ter posto você para fora de nossa casa. Passei os últimos anos preso a uma cama, o ódio me sufocava. Eu era um prisioneiro de meu corpo, tentava me mexer, gritar, mas nada acontecia. Usei meu tempo tentando sair de mim mesmo, mal me suportava. Não sei como, mas, às vezes, eu conseguia fazer isso e tentava corrigir seu irmão das besteiras que ele estava fazendo... O palerma só sentia medo e fugia como um doido... Teve um dia que decidi que não voltaria para a cama, pressenti que iria morrer, pois vi, na escuridão da madrugada, quando um cachorro entrou em nossa varanda e urinou na porta da frente. Eu sabia que o "cão" estava marcando para vir me buscar e que eu seria uma alma penada, sofrendo com as maldades que sei que cometi... Peguei minhas armas e fiquei de tocaia na entrada da fazenda... Não adiantou nada, o enjeitado levou a minha casa, que ardeu como um inferno. Corri desesperado para apagar o fogo, chamei por todos, mas ninguém apareceu, só ouvi as risadas do maldito. Foi aí que percebi que tudo estava diferente, estava só, e continuava vivo sem ser visto pelos vivos, esse era o meu castigo, eu tinha me tornado uma alma perdida.

Com o tempo, fui me ligando a outros infelizes, que também não me viam, mas não se opunham a mim. *"Tramposos"* de moral igual à minha. Esses idiotas se ligavam ao meu querer, e eu gostava da concordância, assim dividíamos os prazeres. Mas com você sempre foi diferente, pois me questionava, tinha nobreza de sentimentos, desde garotinha. E, nesses anos em que estive perto, nunca tivemos entendimento, eu estava cego pela vingança enquanto você rezava por mim. Perdoe-me, filha... A ilusão foi minha!

O velho espanhol sentiu uma dor lancinante em seu peito e, em seguida, perdeu a visão por um instante.

– O que está acontecendo? Essa dor que não me abandona! Cadê minha filha?

Quando voltou a enxergar, viu a figura de Báh ao seu lado.

– O que faz aqui, velha rabugenta? Vá soprar em outro lugar.

– Bendito seja o dia de hoje! Olhe para o céu! Olhe quanta estrela, D. Ybarra! Sabe o que é isso?

O pai, de joelhos, pendia o pescoço e via uma imensidão de estrelas, e Báh, diante do silêncio, continuou:

— São almas arrependidas que subiram para o céu, e hoje chegou sua vez. Venha comigo, D. Ybarra. Vamos nos encontrar com a sua menina, e também com a sua mulher, que espera tanto pelo seu despertar! Venha, homem, dê-me sua mão.

O espanhol chorava pela emoção sentida.

— Liberte os prisioneiros de seu coração — disse Báh e, com devoção, continuou:

— Hoje é dia de festa no terreiro, pai e filha de coração arrependidos estão voltando.

O velho se levantou, apoiando-se nas mãos de Báh.

A velha senhora também olhava para as estrelas no firmamento, em um contentamento de criança e, antes de soprar na testa do espanhol, disse em voz alta:

— Que seria de mim sem a fé que tenho em ti, Pai! Salve, menino São João! Salve, nosso Senhor Jesus Cristinho!

*

Manu chorava enquanto tentava estancar o ferimento da vítima.

Os outros funcionários ficaram paralisados ao redor da "dama de ferro" e, quando o socorro da Terra chegou, constatou-se o óbito, o corpo de Kíria trazia, entre os dedos, o escapulário de Jeremias.

Manu contou aos policiais que Kíria havia se jogado à frente do tiro desferido contra Jeremias e também lhes deu detalhes das recentes descobertas.

Ao chegar, Mr. Barnes entregou as provas que reiteravam a versão apresentada por Manu. Diante da polícia e do socorro, o rapaz se sentiu tocado ao ver o corpo daquela que, por vezes, na infância, fizera papel de sua mãe. A fortaleza moral dos Barnes Bonadini estava sendo carregada para o necrotério. A polícia agora tinha as provas para iniciar uma investigação do ocorrido há cerca de trinta anos, a troca dos bebês no hospital.

Era mais um fato obscuro da vida de Olavo González Ybarra, conhecido no casarão pelo nome de Oji, que vinha à tona, ao mesmo tempo que o nome de seu falecido comparsa e irmão de sangue, Otávio González Ybarra, conhecido por González.

A polícia também acabou por descobrir que os dois eram foragidos da justiça por manipulação de provas e execução do incêndio premeditado que destruira a Fazenda Ybarra, com o intuito de ressarcimento do seguro contratado. O inquérito contava com o testemunho de acusação do próprio pai, Ernesto, que, em seu depoimento, também acusava os filhos da morte da mãe deles. Esse outro inquérito não chegou a ser aberto, já que o pai, meses depois, foi internado em um hospital psiquiátrico e considerado incapaz por perda de juízo. As terras, após o embargo da justiça, acabaram sendo leiloadas para pagamento dos débitos de seus credores.

*

Após a reunião da noite, Mercedes se encontrava a sós em seu quarto. Sentia-se exausta e satisfeita com aquele dia. Sentou-se na cama e, acomodando as costas na cabeceira do móvel, pegou a pasta deixada por Ralf e a abriu.

"A fé basta àquele que crê sem interesse", aquela frase em sua mente fez com que ela se lembrasse de Báh. Fechou a pasta e agradeceu a Deus por esta segunda mãe, lembrou-se também dos Ybarra, da fazenda, das árvores, dos animais, dos quartos no porão.

Parecia ouvir, dentro de sua cabeça, a voz de Báh a lhe dizer:

"O grande Pai não abandona ninguém."

Abriu novamente a pasta e começou a ler os documentos.

À medida que terminava de ler uma folha, buscava outra e lia com mais rapidez...

– Vitória, Vitória...

Chamou a filha pelo nome, sem perceber que gritava.

18

Na manhã seguinte, um *uber* cruzava a cidade levando dois passageiros, quando um deles falou:

– Ontem à noite, Mercedes desmaiou.

– Meu Deus, o que houve com ela? – perguntou Celeste, preocupada.

– Não sei. Vitória disse que ouviu a mãe chamar, correu e a encontrou desmaiada no quarto.

– E o que Mercedes disse?

– Que foi apenas um mal súbito. Mas ela ficou acordada a noite inteira; pude ouvir seus passos e, de manhã, não desceu para o café – afirmou o velho, em tom preocupado.

– Que estranho! – rebateu Celeste.

– Disse a mesma coisa para Vitória. Ela parecia achar natural e pediu que déssemos um tempo à sua mãe. Achei mais estranho ainda. O que pode estar havendo? Será que é alguma coisa com o grupo?

– Quando voltarmos, perguntaremos.

O carro parou defronte de uma antiga e tradicional padaria.

– Era aqui que você queria vir? – perguntou Celeste, que desceu do carro primeiro e, em seguida, ofereceu sua mão para que o velho também descesse do automóvel.

– Não. Aqui é só o pagamento do nosso pedágio para chegarmos lá. Vamos tomar um café e, depois, levarei uns pastéis de belém para a viagem – respondeu o velho, tentando esconder os tremores.

Minutos mais tarde, chegaram à portaria da Vereda Houdini.

– Chegamos. Este é o lugar em que me refugio por vezes – disse o velho, fazendo uma pausa e apoiando-se na bengala, enquanto tirava os óculos escuros e olhava, com atenção, para tudo ao redor.

– Que lindo lugar, quantos ipês! – falou Celeste, entrelaçando ainda mais seu braço com o do velho.

– Por detrás daquela cancela, há vários casarões, e um deles é a antiga casa de meus pais. Recentemente, vim aqui para relembrar aqueles tempos. Na frente do casarão, tem um estudo que fiz, inspirado na obra original de uma grande artista.

A conversa foi interrompida por uma voz eufórica.

– Senhor escultor! Senhor escultor!

– Eis o nosso pedágio – disse o velho, voltando-se em direção à voz. – Senhor Odilon, eu estava pela região e resolvi dar um *oi* ao amigo. Trouxe seus docinhos preferidos – disse, mostrando o embrulho que Celeste carregava.

– Pastéis de belém? – perguntou Odilon.

– Isso mesmo!

Odilon pegou o embrulho e buscou sentir o aroma adocicado que exalava da embalagem:

– Ah!... que delícia! Também eram os preferidos de minha finada esposa.

E, afastando a embalagem do nariz, continuou:

– Vejo que o senhor veio acompanhado desta vez.

– Sim, esta é Celeste.

Enquanto se cumprimentavam, o escultor procurava disfarçar o tremor dos seus braços, continuando a dizer:

– Gostaria, se possível é claro, de mostrar o desenho dos mosaicos e a escultura que fiz no passado.

– Hoje, vou pedir ao amigo ainda mais discrição, devido à tragédia de ontem à noite.

– O que ocorreu? – perguntou o escultor.

– Um assassinato. Deram um tiro em nossa "dama de ferro". A polícia ainda está investigando. Alguns falam em acidente, outros falam em crime por ciúmes, o que eu particularmente não acredito, mas o que todos têm certeza é de que o senhor foi o responsável por tudo.

– Eu?

– Sim, o senhor. Melhor dizendo, o diabo que o senhor "plantou" na frente do casarão. Dizem que, à noite, ele abandona a escultura e passeia pela mansão, influenciando seus moradores, principalmente a senhora Barnes Bonadini.

Odilon se divertia com o que dizia, enquanto o escultor e Celeste entreolhavam-se sem entender coisa alguma.

– Dizem que a arte tem alma, mas nunca ouvi que pudesse matar alguém! – defendeu-se o escultor.

– Bem, se matou não sei, mas que o entrevero é grande todos os dias, isso é! Acreditam que o Espírito que vive lá não é coisa boa. Aquela estátua tem as formas da soberba. De dia, com os braços abertos para seduzir, esbanjando vigor com seus músculos aparentes... Luxúria! Já à noite, os olhos da inveja são cobertos pela escuridão, dando vazão à sua ira!

Celeste e o escultor continuavam a entreolhar-se nas pausas da interpretação, sem dizer uma palavra. Odilon continuava:

– Sem contar na evidente preguiça diante do trabalho inacabado, traduzida pela ganância de querer ser o que não é... Em suma, uma coisa assim só pode ser o diabo!

– Ou de qualquer um de nós, pelo visto! – emendou Celeste.

Odilon gargalhou com a reação de Celeste e, abrindo o embrulho, mordiscou um doce, indicando a eles, com um sinal, que se servissem, e falou:

– Ainda bem que o senhor não retratou a gula!

– Cada um vê com os olhos que tem – falou o escultor com paciência, que não sabia que possuía, e emendou:

– A arte vem dos olhos do espectador, e não

do artista. Agora, mudando de assunto, o que me diz desses, aí na frente? – perguntou o escultor, apontando a bengala para os ambulantes.

Com a boca cheia, Odilon respondeu:

– Como diria Euclides da Cunha: "Viver é adaptar-se".

*

Minutos depois, o velho escultor, apoiando-se em Celeste, caminhava pela avenida de mosaicos. Celeste estava tão encantada com a beleza que descobria espalhada pelo chão, que só depois de instantes percebeu que o amigo estava parado, olhando para o alto, e viu a grandiosa imagem esculpida.

– É linda! – falou Celeste num estalo.

Ficaram por alguns minutos sem dizer nada. Um carro da perícia criminal passou pelos portões, deixando o casarão.

– E naquela história, você acredita? – perguntou o velho.

– De um Espírito viver aí dentro e sair à noite para assombrar?

— Não. Estou me referindo a essa influência dos Espíritos sobre os vivos...

— Acredito que sim. Você foi influenciado por outra artista para fazer esta obra que está aqui, e que também influencia. Este estudo, como você fala, teve sintonia com a artista e com a obra original. Porém, você é o artista. A influência que me perguntou, eu acredito, porém nós somos os protagonistas. Nossas obras são nossas atitudes, resultados da sintonia com a nossa vontade.

— E o que você vê, Celeste?

— A construção do meu eu, por mim mesma. Nos momentos em que estou exausta e entregue, num relance de desesperança, dou-me conta de que a perfeição não é humana... Que preciso de forças para compreender e continuar...

O velho escultor, sem tirar os olhos da estátua, começou a falar:

— Este estudo eu fiz quando saí da clínica de reabilitação. Meu pai havia me internado, e eu disse coisas horríveis a ele. Eu o vi chorar. Ele voltou algumas vezes para me visitar. Eu não quis vê-lo nenhuma das vezes; no começo, pela mágoa;

em seguida, pela vergonha. Minha recuperação foi longa e difícil, pois nenhum remédio podia ser usado, visto que meu corpo já era uma farmácia. Tiveram muita paciência comigo. Quando voltei ao Brasil, sonhava em ver meu pai, agradecer-lhe, dizer que consegui...

Assim que entrei no casarão, deram-me a notícia de seu falecimento. Fui para o meu antigo ateliê e comecei a esculpir este estudo; precisava de uma força maior para não recair. Fiquei trancado por meses, estava com raiva de meu pai, da morte, do abandono... Era raiva de mim mesmo, por ter sido tão tolo e imaturo. Depois, o resto você já conhece.

Eu sou um cético, você sabe, porém tenho sentido meu pai junto de mim. Essas coisas só podem ser por causa de minha idade e de meu estado e, antes que algo me ocorra, quero celebrar o que estou sentindo, estar bem comigo mesmo. Vou tentar reaver o casarão de meus pais.

Os dois mantinham o olhar para o céu, já sem se importarem com o que viam, apenas se respeitando por estarem ali, juntos.

Depois de um tempo, o velho falou:

– Reconheceu o homem da portaria?

– Não faço a menor ideia de quem seja – respondeu Celeste.

– O repórter de anos atrás.

– É ele?! E o que você vai fazer?

– Nada, já passou. É preciso esquecer quando se quer ir adiante.

E, voltando a olhar para a escultura, continuou:

– Nesses anos todos, aprendi com meu trabalho a aceitar as coisas que dão errado e foi assim que consegui a liberdade que procurava. A arte me fez crer na vida!

19

A sala do velório estava praticamente vazia, apenas Manu e a mãe.

Logo em seguida, chegou Jeremias, que cumprimentou as duas e se aproximou do caixão, pretendendo fazer uma prece.

Quando se aproximou, pensava em dividir a angústia que sentia em seu peito com a morta, pois quem sabe ela pudesse lhe responder as inúmeras indagações que insistiam em lhe machucar a alma. Ele se questionava sobre o porquê de tudo parecer desmoronar e de uma tragédia maior acontecer sempre que estava tão perto de resolver as coisas. Sua vida parecia marcada.

"Esse tiro era pra mim. Não seria melhor eu ter morrido?" – questionava-se.

Chegando perto, as palavras desapareceram e apenas um sentimento de gratidão tomou conta de si. Sentiu a antiga ardência no topo da cabeça e, quando fechou os olhos na esperança de aliviar o incômodo, algumas palavras brotaram de seus lábios, instantaneamente:

– O amor tudo sofre, tudo crê, tudo espera, tudo suporta, o amor jamais acaba.

E continuou em pensamento:

"Chega de ressentir o que já passou. Não há como voltar para consertar o passado. O presente é a chance de agir de maneira diferente."

E, falando baixinho, perguntou:

— E o que faço agora?

Uma voz ecoou em sua mente:

"Deus não fala o que você deve fazer, apenas como fazer, amando."

Jeremias se sentiu confortado.

"Quando adolescente, você, inconformado, argumentou que todo homem deveria saber qual a sua missão na Terra. Lembra-se do que eu respondi?"

Jeremias falou baixinho:

— Amar a Deus sobre todas as coisas e ao próximo como a ti mesmo.

"Essa é sua missão. É a missão de todos nós na Terra."

A imagem de padre Miguel, sorridente, veio à sua mente. Pediu por Kíria.

Fechou os olhos novamente e sentiu como se braços o envolvessem com carinho, rezou uma Ave Maria para aquela mulher e, sentindo-se agradecido, sussurrou:

— Obrigado por esta nova chance de vida que me deu, senhora.

Em seguida, afastou-se emocionado, notando que já havia mais pessoas na sala: trabalhadores do casarão que vieram prestar suas homenagens à "dama de ferro".

Jeremias se aproximou de Manu e comunicou que estava regressando à sua cidade natal.

– Não quer ficar por mais alguns dias?

– Pode ficar em casa – antecipou-se a mãe de Manu.

– Agradeço. Em meu depoimento na delegacia, deixei todos os contatos e meu novo endereço, que vou passar para vocês também, caso precisem me localizar.

Após se despedirem, a mãe de Manu fez questão de acompanhar o rapaz até a saída do conjunto de salas fúnebres.

Passaram por uma pequena capela e, quando chegaram à frente do velório, notaram a grande quantidade de pessoas do lado de fora. Rodas de conversa de amigos e parentes dos que eram velados, além de curiosos que por ali passavam. Um deles era um pedinte, de cabelos agarrados pela sujeira e roupas puídas, com um colar de quinquilharias em volta do pescoço. O moço parecia aéreo, o bigode ralo denunciava a pouca idade, e o cheiro, a falta de banho. Conversava consigo mesmo e movia os ombros para cima e para baixo, como um tique nervoso. O magro rapaz, sem falar uma palavra com os presentes, fazia-se entender, esticando o braço e levando a palma da mão vazia à frente.

Alguns fingiam não ver, outros se constrangiam da má sorte de estarem ali naquele momento.

A mãe de Manu se aproximou.

– Qual é o seu nome? – perguntou a senhora.

– É Rogério. A senhora poderia me dar uma moeda?

– Bonito nome – disse Jeremias.

A mãe de Manu pegou do bolso algum dinheiro e colocou em sua mão, enquanto lhe perguntava:

– Tem mais alguma coisa que eu possa fazer por você, Rogério?

O rapaz balançou a cabeça negativamente e

se afastou para o outro lado da rua, continuando com seu monólogo e com os gestos repetitivos.

Aqueles que assistiram à cena começaram a reclamar, em um tom alto, o que eles consideravam justificativas para o ocorrido.

"Um rapaz tão novo, tão forte!"

"É um vagabundo, sem vontade!"

"Gosta de viver nas ruas, acostumou-se à vida de pedinte."

"A culpa é de quem ajuda."

"Um malandro, sem-vergonha, isso sim."

"Já vai comprar droga, tenho certeza."

"Um sujeito desses não veio ao mundo sozinho, cadê a família dele?"

"Tudo gente frouxa nesta cidade, eu colocaria para correr."

A mãe de Manu olhou consternada para Jeremias, e foi ele quem disse:

– Para quem gosta de reclamar, tudo é motivo; até um pedido.

– É que o diferente coça em nós. Sabe, penso,

às vezes, na reação de Deus cada vez que pedimos a Sua ajuda e prometemos melhorar em troca de algum favor.

Jeremias ficou refletindo e achou graça na imagem que veio à sua mente: um Deus revirando os olhos, cansado dos mesmos pedidos, e fazendo comentários à espreita, iguais àqueles que eles acabaram de ouvir.

– Todos temos defeitos – disse Jeremias.

– Todos temos fraquezas! – corrigiu a mãe de Manu.

– A senhora acha que ele é uma vítima?

– De jeito nenhum. As pessoas, agindo assim, fazem dele uma vítima. Ele está doente, ninguém em perfeita saúde gosta das condições em que se vive nas ruas.

– Talvez, as pessoas tenham medo dele?

– E quem disse que quem vive na rua não tem medo? Pessoas consideradas boas também fazem coisas ruins.

Jeremias, sentindo ainda as emoções de padre Miguel, lembrou:

– Como um amigo costumava me dizer: "Não basta amar a Jesus para ser Cristão".

*

A campainha da casa tocou e, imediatamente, Mercedes abriu a porta e esperou a entrada de Ralf.

Mercedes olhava para aquele homem. O perfil sem a tatuagem lembrava Bernardo. Ela levou as duas mãos à boca, tentando conter sua emoção.

– É você mesmo, o meu menino?!

Um soluçar sufocado por anos veio à tona num pranto de alegria.

E ela abraçou o rapaz, que se desmoronava diante da emoção e do sentimento que os envolvia. Mercedes tremia e, limpando as lágrimas do rosto, pegou um embrulho simples.

– Como já havia lhe dito, não tenho nenhuma foto de meu marido, o seu pai, mas ele lhe deixou um presente.

Mr. Barnes ainda achava tudo muito estranho e, receoso de seus sentimentos, pegou, constrangido, o embrulho a ele oferecido, agradecendo com certa formalidade.

Um choro de recém-nascido deu as boas-vindas à família.

— Você tem uma sobrinha linda e uma irmã maravilhosa.

— Irmã?

Mercedes, feliz, afirmou balançando a cabeça.

— Sim, vocês se parecem muito, os dois são a cara de Bernardo.

— Mas meu pai não morreu quando eu era apenas um bebê?

— Sim, agora abra o seu presente, depois lhe conto tudo...

Ao desembrulhar, Mr. Barnes viu, em sua mão, o trapezista de madeira, idêntico ao brinquedo que havia visto em seu sonho. O jovem suspirou profundamente, tentando conter a emoção.

— Toda tarde, seu pai sentava na soleira da porta da cozinha e, com seu canivete, tentava esculpir esse brinquedo. Ele dizia que era para quando você ficasse maior. Acho que você já pode recebê-lo – disse Mercedes, sorrindo.

Mr. Barnes apertou as varetas do brinquedo e rememorou cada sonho, a casa no sítio, o chão vermelho, o fogão e o cheiro de lenha queimada, o rosto do homem... Era tudo muito nítido e vivo, como se o próprio homem estivesse ali. E concluiu em seguida:

"Ele não estava enfurecido, tentava me proteger. Estava desesperado e corria em minha direção para impedir que eu caísse no poço. Então, aquele homem dos meus sonhos é o meu pai..."

– Eu guardei o brinquedo com carinho. Seu pai tinha verdadeira adoração por você, meu filho.

Ao ouvir a palavra filho, Mr. Barnes não conseguiu mais segurar a emoção em sua alma. A mãe o abraçava com ternura, enquanto, em pensamento, agradecia a Deus e conversava com Bernardo. "Você conseguiu, trouxe nosso filho de volta para casa. Obrigada por cuidar dele".

– Vamos para a cozinha, quero fazer um

almoço bem gostoso para você. Vitória, desça já, minha filha. Venha conhecer o seu irmão e traga a minha neta.

*

Na sala do velório, os presentes estranharam a chegada inesperada de uma pessoa.

Era a senhora Bonadini.

Ali, diante de todos, sozinha, aproximou-se do caixão, sussurrou algumas palavras e, em seguida, chorou.

Todos ficaram apreensivos, com medo de alguma crise. O que fazer se isso acontecesse? A única capaz de ajudar se encontrava morta.

Manu se aproximou e ofereceu seu lugar para que a senhora se sentasse.

A senhora Bonadini negou com a cabeça e agradeceu com um leve sorriso.

– Você sabe rezar? – perguntou a senhora Barnes.

– Mãe, venha aqui um pouco.

A mãe de Manu se aproximou.

– A senhora sabe rezar? – perguntou novamente a senhora Barnes.

– Por que pergunta?

– Gostaria que a senhora rezasse pela alma de minha amiga e pela dos meus dois filhos, Lilly e Ralf, para que descansem em paz.

Manu assentiu com a cabeça, para que sua mãe atendesse ao pedido. Todos em volta do caixão tomaram aquele pedido como mais uma loucura da patroa doente.

A história de

Mercedes

Parte 2

Na emergência do hospital de base, o movimento era caótico. Enfermeiros se desdobravam no atendimento. O hospital era o único para atender toda a região, que se expandira nos últimos anos.

Sentada em uma das cadeiras, Mercedes aguardava por notícias de seu filho, sentia o corpo anestesiado, e uma confusão de pensamentos a deixava ainda mais apavorada.

"Onde estará Bernardo, que não chega?"

– Por favor, senhora, tem que assinar aqui. Senhora, senhora... – dizia a atendente, batendo com a caneta no guichê de vidro à sua frente, pedindo a atenção de Mercedes.

Todos os que estavam na sala de espera olhavam para Mercedes, que tampava os ouvidos com as mãos, sem saber o que fazer.

Um homem que assistia a tudo, aproximou-se e sentou-se ao lado da bela moça:

– Mercedita...

– Lavinho? – disse, surpresa, Mercedes. – Como ficou sabendo? Por favor, peça àquela moça que aguarde a chegada de Bernardo.

– O que aconteceu?

– Meu filho, ele está lá dentro. Foi um acidente, ele tem pouco mais de um ano, é só um bebê...

A mulher do guichê continuava insistindo:

– Por favor, peça a ela que espere o Bernardo. Meu filho precisa de ajuda... Eu só quero o meu filho!

Olavo Gonçalves Ybarra achou o momento oportuno para ganhar a admiração da bela Mercedes e, quem sabe, concretizar um desejo antigo. Levantou-se e foi até o guichê. Em seguida, conversou com a insistente mulher, que, em poucos segundos, retribuiu um sorriso largo, concordando em esperar.

Nesse momento, uma enfermeira apareceu do lado de fora do guichê para conversar com Oji. Ela revelou o ocorrido com a família de Mercedes, a morte do marido e o resgate do filho, que passava por uma cirurgia. Oji ouvia cada detalhe com atenção, alimentando seus pensamentos de cupidez com a bastarda da fazenda. A enfermeira pediu a Oji e à funcionária que tivessem certa paciência com a fragilidade da jovem viúva, pois era provável que ela estivesse em estado de choque e seria preciso aguardar o médico.

– Eu só queria que ela assinasse os papéis de entrada – defendeu-se a atendente.

*

Em outro canto da sala, encontrava-se sentado o senhor Lúcio.

Oji percebeu quando um jovem médico se aproximou de seu atual patrão. Então, deixou a recepção e foi ligeiro ao encontro dos dois, chegando a tempo de ouvir:

– Preciso que venha comigo, senhor Lúcio.

Os três caminharam em direção a uma sala escura no final do corredor.

O médico era um jovem vaidoso e orgulhoso de si, preocupado em manter a vestimenta branca sempre limpa e estéril. Acostumado a dar opiniões sem ser contestado, fechou a porta da sala e falou implacavelmente, sob o escudo da verdade:

– Seus filhos morreram, mas salvei sua mulher!

Lúcio caiu para trás, sentando-se em uma cadeira; aquela notícia não cabia em seu peito, havia vencido todas as dificuldades, todas as pessoas, todas as artimanhas da vida... "Deve ser um engano".

– Você sabe com quem está falando? – perguntou.

– Lúcio Bonadini – desafiou o médico, respondendo-lhe com desdém.

Em um acesso de raiva, Lúcio agarrou o médico pelos colarinhos e o prendeu contra a parede.

– Você merece morrer, verme! Quando cheguei, você veio até mim e disse que se tratava de algo simples e sem importância. Como agora pode me dizer isso? Traga meus filhos de volta! Sem eles, minha esposa também está morta. Desgraçado!

Oji tentou afastar o patrão antes que este cometesse algum desatino, mas o senhor Lúcio desvencilhou-se e voltou ao pescoço do médico, gritando:

– Infeliz, por acaso me toma por um desses coitados que o julgam Deus? Pois saiba que eu sou Deus e vou fazê-lo sofrer. Nunca mais será médico, nunca mais será nada. Traga meus filhos de volta, ou você morre aqui e agora...

– Ninguém poderá trazê-los de volta – respondeu o médico, sufocado.

– Patrão, quem sabe o médico ainda possa nos ajudar... – disse Oji, sob o olhar consternado de Lúcio.

Oji, conhecendo seu patrão, viu, naqueles instantes, a possibilidade de transformar sua vida. Apostou em uma ideia e, sem nenhum pudor, deu uma cartada final. Com a tranquilidade de quem aprendeu a blefar, expôs, com segurança, que bastaria mudar algumas peças de lugar, e o jogo continuaria, menos desfalcado. A senhora Barnes Bonadini nem perceberia, e os laços se fortaleceriam com o passar dos anos...

– Aonde você quer chegar? – perguntou o médico.

– Tem um bebê, aqui neste hospital, da mesma idade praticamente, um menino também, vítima de um acidente.

*

Já passava das dezoito horas, quando Mercedes recebeu a visita do jovem médico, acompanhado de uma enfermeira.

– Infelizmente, não tenho boas notícias. Seu filho não resistiu à cirurgia e acabou falecendo, sinto muito.

Mercedes ficou atônita, uma enxurrada de pensamentos paralisou seu corpo. A enfermeira levou-a para a saleta no final do corredor e lhe deu um copo com uma dose de água amarga. Mercedes chorava sentidamente, sua cabeça parecia oca, suas mãos estavam geladas e seu coração, acelerado. Chorava com medo, raiva e sem entender o porquê de estar ali. Queria voltar para casa. A porta da saleta se abriu e Oji entrou. A enfermeira os deixou a sós.

– Não chore, Mercedita, eu cuidarei de você.

– Bernardo já chegou?

– Ele disse que vai demorar e pediu que você assinasse estes papéis.

Oji apresentou a Mercedes vários documentos. Confusa, começou a assinar todas as páginas.

– Quero ir embora – disse Mercedes.

– Assine os papéis, que nós já vamos.

Novamente, a porta se abriu. Era a enfermeira.

– Tudo já está pronto, e ela poderá ver o filho por alguns instantes apenas.

E saiu, deixando-os novamente a sós.

– Você precisa ver seu filho, venha – aconselhou Oji, segurando-a pelo braço.

– Ele não fica longe de mim, tenho de voltar para casa. Por que estou aqui?

Mercedes mal se aguentava, a visão era turva, parecia um sonho. A dor em seu peito apertado lhe trazia uma tristeza d'alma, um vazio, uma saudade sem fim.

A enfermeira os levou até o necrotério.

O local ficava fora do prédio, porém dentro das cercanias do hospital.

Lá chegando, sentiram o cheiro forte que impregnava o nariz, marcando na garganta.

Ao entrarem, avistaram vários corpos cobertos com lençol. A enfermeira tirou o lençol que cobria o corpinho do bebê, que se encontrava enfaixado, tendo apenas à mostra o rosto inchado, com algumas escoriações. Mercedes fez menção de desmaiar, mas foi segurada por Oji.

Aproximou-se e tombou sobre o bebê, desmanchando-se de emoção. Pegou o corpinho sem vida nos braços e tentou embalá-lo, acalentando-o. Um som nasalado, de um sussurro sem voz, na expectativa de ver os olhinhos do bebê se abrirem.

Quando a enfermeira fez menção de resgatá-lo de seu colo, Mercedes virou-se de lado e fechou seus braços sobre ele.

A enfermeira arregalou os olhos.

Mercedes começou a tirar as faixas que o envolviam.

Oji interferiu, tirando, à força, o bebê dos braços de Mercedes, devolvendo-o à enfermeira.

– Esse não é meu filho – disse Mercedes, apontando para o bebê. – Lavinho, faça alguma coisa, ela está mentindo.

– Seu filho está morto. Ele e Bernardo. Você não está vendo? Esse é o seu filho.

– Não, meu filho é diferente... Eu o sinto em meus braços, não é ele.

– Por causa do tempo e dos ferimentos, a aparência e o peso do bebê mudam bastante. É o seu filho! – afirmava a enfermeira.

– Não. Eu sei... Não é o meu filho...

– É o seu filho, Mercedita! Você está confusa. Eles estão mortos, caíram num poço. Temos que ir a uma funerária, contratar os serviços para Bernardo e seu filho. Lá você poderá descansar.

Oji fez sinal para a enfermeira se afastar.

Na despedida, Mercedes tentou voltar e

pegar novamente o bebê, sendo surpreendida pelos braços de Oji, que a obrigou a sair. Mercedes caiu de joelhos no chão do corredor e entregou-se a um copioso pranto, enquanto Oji fechava a porta da sala e pensava:

"Quem diria: O filho da bastardinha acaba de se tornar um milionário!"

*

No dia seguinte, já era tarde quando todos os ritos fúnebres terminaram, e só agora Mercedes voltava para sua casa. O ônibus a deixou do outro lado da estrada, bem em frente a uma pequena mina, da qual brotava água fresca, através de um cano, contrapondo-se ao sol, que ardia.

Mercedes atravessou a estrada em profunda tristeza.

A paisagem, que outrora era motivo de alegria e felicidade, agora parecia sem detalhe algum, uma massa indiferente, como tantos outros lugares de seu dia.

Desesperançada e com uma fraqueza que colava em seu corpo, abriu devagar a porteira, lembrou-se do dia da morte de sua mãe, nos porões da fazenda Ybarra. Estava, mais uma vez, sozinha no mundo. Sentia-se como se fosse marcada, esquecida por Deus.

Ao fechar a porteira, viu uma mulher de costas, com os cabelos compridos até a cintura, parecendo segurar um livro grosso em uma das mãos, e que se agachou diante da mina d'água, bebendo aquela água e lavando seu rosto, fartando-se com alegria.

– Bendita água da vida! Deus não abandona quem tem sede! Louvado seja! – disse a mulher, prendendo o livro debaixo de um dos braços enquanto torcia os cabelos e fazia um coque, sorrindo para Mercedes.

Com o pensamento distante, num gesto automático, Mercedes apenas olhou para a mulher. Num *flash*, tudo se sincronizou: a mulher tinha o sorriso parecido com o de sua mãe. Virou-se rápido, em sentido à bica d'água, porém não a viu mais; na certa, sumira por entre os bambuzais da mata, deixando uma sensação de indefinível aconchego.

Caminhou fazenda adentro até chegar à

colônia, onde algumas vizinhas que a avistaram foram em sua direção, acompanhando-a até sua casa e fazendo-lhe companhia até que adormecesse.

*

Já era noite alta quando Mercedes acordou. Andou pela casa, reparando a solidão em cada cômodo. Olhou a mesa tosca da cozinha, com suas duas cadeiras postas de maneira distantes. Aproximou as cadeiras, juntando-as à velha mesa. Arrumou o pequeno vaso de flor e esticou a toalha de crochê. Sobre os veios da madeira, o canivete e o brinquedo que Bernardo tinha esculpido. O fogão sem brasa parecia sentir saudades também. Voltou para o quarto, trocou-se e guardou na bolsa as lembranças que encontrou pela casa. Em seguida, deixou a fazenda, voltando para a estrada.

Naquela hora da noite, como não havia mais ônibus, caminhou pela rodovia rumo ao hospital.

*

Os pés feridos não impediram Mercedes de

chegar à emergência do hospital. Era madrugada quando entrou, pedindo para ver o filho.

A enfermeira de plantão verificou o prontuário, explicando que o falecimento da criança se dera havia mais de um dia.

Mercedes, inconformada com a resposta, exigia a presença do médico, porém nenhum nome vinha à sua mente, apenas a voz da enfermeira e a visão do poço escuro com Bernardo e seu filho, além das ambulâncias e dos caixões.

– Por que vocês estão fazendo isso comigo? Deixem-me ver meu filho.

– Sente-se, senhora, quer que chame alguém de sua família?

– Olavinho, ele sabe o que estou dizendo...

– Qual o telefone dele?

– Eu não sei...

– Quer um copo d'água?

Ao som daquela pergunta, Mercedes correu para dentro do prédio em direção aos quartos, sendo contida pelos seguranças.

– Quero falar com o médico! – gritava.

– Volte quando abrir o hospital, aqui é só emergência – disse um dos seguranças que a levou para fora, deixando-a do outro lado da rua.

– A entrada do hospital fica na rua de trás. Espere por lá até abrir – disse o outro segurança.

Mercedes chorava sem saber o que fazer, então caminhou seguindo os contornos do hospital, buscando a entrada principal para aguardar. A madrugada sem lua deixava a rua mais escura que o normal, e ela não notou que um grupo de rapazes vinha em sentido oposto.

Quando viram a jovem moça, diminuíram o passo, esperando que se aproximasse.

Quando Mercedes notou, era tarde demais. Os rapazes a puxaram para o recuo deserto de uma garagem. Mercedes tentou gritar, porém um deles tampou sua boca e a jogou contra a parede. A pancada deixou-a tonta. Mercedes caiu, um dos rapazes a ergueu, segurando com força e imobilizando-a pelas costas, enquanto os outros dois se aproximaram.

Um barulho apressado de salto alto se fez ouvir pela calçada.

— Acudam aqui! Tem uma moça sendo violentada.

A voz vinha em direção ao grupo. Algumas luzes se acenderam. Quando a obscena mulher chegou próxima ao grupo, também sofreu um duro golpe, caindo na rua. Um dos rapazes começou a agredi-la também.

Um carro que passava naquele momento viu a mulher no meio da rua, aumentou a luz dos faróis, começou a buzinar e acelerou em direção ao homem que, vendo o veículo aproximar-se, fugiu abandonando os outros dois.

A mulher de roupas curtas se levantou e, desajeitada, fez sinal para o motorista parar.

— Tem uma moça aqui — disse apontando para a garagem. — Dois covardes a estão machucando...

O motorista desceu do carro, e os dois homens correram, abandonando Mercedes desfalecida na calçada.

— Moço, por favor, tire a gente daqui, eles vão voltar — implorou a mulher, desesperada.

O homem pegou Mercedes no colo e, com a

ajuda da mulher, colocou-a no carro. Os três saíram dali sem pensar para onde iriam. O homem reparou que as duas sangravam, então levou-as para outro hospital, longe dali, a fim de não serem mais surpreendidas pelos aproveitadores.

O atendimento no outro hospital foi marcado de algo muito especial, Mercedes acabou descobrindo que estava grávida de sete semanas.

Ali se conheciam, para nunca mais se separarem, Mercedes, Celeste e o escultor.

*

Depois de algum tempo, Mercedes insistiu na busca por mais informações no hospital. Agora tendo dois amigos ao seu lado.

– Doutor Medeiros, eles estiveram aqui hoje novamente – dizia a enfermeira, com voz abafada, ao telefone.

– Você trocou os prontuários como lhe pedi?

– Sim, mas e se ela se lembrar de alguma coisa?

– Ela estava dopada. De qualquer forma, vou informar a eles...

— Se o senhor quiser, meu marido é repórter, desses de rua e que fala na rádio. Posso pedir a ele que pregue a boca nesses três, inventar umas histórias...

— Faça isso, mas sem chamar muito a atenção. Vamos devagar.

— Vou pedir a ele que escreva um artigo sobre uma doida e seu amante drogado! Dizem que aquele que está andando com ela é de família cheia da nota, mas é um viciado, um perdido, vai ser fácil desmoralizar.

— Tome cuidado para que o veneno não chegue até nós.

— Deixe comigo, doutor, já tenho até a manchete na cabeça: "A louca do Base". Nem o coitado do Odilon vai desconfiar da história que vou lhe contar.

20

Chovia muito, e os limpadores do para-brisa quase não venciam a água que caía. O vidro embaçado comprometia a visão da estrada. Ligou o ar-condicionado para enxergar melhor. Por sorte, havia pouco movimento.

O dia à sua frente inspirava liberdade, sentia-se um pouco insegura, porém contente consigo mesma por estar ali, enfrentando o desconhecido, a muitos quilômetros de sua antiga morada.

"Sempre gostei mais do frio" – pensou, enquanto sentia o ar gelado soprando para dentro do carro, já que a chuva começava a dar uma trégua.

Planejou aquela viagem desde a venda do casarão, quatro meses atrás, porém só agora se sentiu confortável para fazê-la.

Estava viajando havia muitas horas, e o aplicativo do celular indicava seu destino a menos de oitocentos metros.

O entorno era um bairro periférico de uma cidade do interior, casebres e terrenos baldios. Próximo dali, um grupo de crianças se divertia com uma bola, "bombardeando" as poças d´água que encontravam pelo caminho.

A mulher parou em frente do destino e, com andar desalinhado, ligeiramente apoiado na ponta de um dos pés, dirigiu-se às crianças, procurando por Jeremias.

Um deles segurou a bola debaixo do braço e correu em direção a um terreno cercado por bambus, gritando em seguida:

– Padre Jeremias, tem gente aqui!

E, voltando, chutou a bola contra uma grande poça, dando continuidade à brincadeira sem se importar com a mulher, que agora caminhava em direção ao suposto local.

Um homem de chapelão se aproximou do portão.

– Senhora Ellen, desculpe-me, eu não esperava sua visita – disse Jeremias, limpando as mãos, que estavam sujas de terra.

– Então, agora você é de fato um sacerdote?

– É um jeito carinhoso com que me chamam – sorriu Jeremias com simpatia.

– Que bela horta! – disse a senhora Ellen, olhando por entre as frestas da cerca.

– Eis aqui meu santuário. Entre, senhora.

Ellen olhou para o terreno multicolorido, composto de nuanças de cor verde, formando uma bela paisagem. A brisa fresca trazia o cheiro de terra molhada, Ellen fechou os olhos e prestou atenção no barulho dos pássaros, das gargalhadas das crianças na rua, do vento nas folhas das árvores.

Um lampejo, com a imagem de seus filhos, passou por sua mente.

— Acredita na vida após a morte?

— Não há como negar. Há outra vida, tenho convicção disso, mas temos que aprender a viver esta.

— O que o faz ter tanta certeza de que a vida continua?

— A senhora é um dos motivos mais evidentes! Conversou com meu falecido tutor naquele dia no hospital, e não foi delírio, pois chamou-o pelo nome.

Ellen ficou em silêncio, olhando com atenção para Jeremias.

— Ele está aqui? – perguntou Jeremias.

— Quem? – respondeu Ellen.

— A senhora me olhou de um jeito, achei que estivesse vendo o padre Miguel.

Ellen sorriu e falou:

— E depois eu é que sou chamada de louca... Estava observando o conforto da simplicidade.

— Desculpe o mal-entendido, às vezes crio coisas na cabeça. A senhora sabe que isso é mediunidade, não é?

— Criar coisas na cabeça?

— Não! — achando graça da brincadeira. — Toda pessoa que sente, em um grau qualquer, a influência dos Espíritos é médium.

— Falando assim, acho que todo mundo é!

— Realmente somos! Cuidados com a saúde, a busca pela espiritualidade e o desenvolvimento moral asseguram uma interferência harmônica e equilibrada. A senhora certamente possui vidência.

— Um padre me falando isso?

— Um estudante, apenas um estudante. Posso lhe fazer um pergunta pessoal?

Ellen concedeu com um olhar.

— Com quem a senhora conversava aos pés da estátua?

A mulher parou, agachou-se, pegando um punhado de terra ainda molhada, e, depois de sentir o cheiro, voltou-se para Jeremias.

– Ele me disse que se chamava Bernardo e que estava ali pelos mesmos motivos que eu.

E, mudando de assunto, prosseguiu:

– Você construiu um paraíso – disse Ellen, contemplando tudo ao redor.

– A comunidade me ajudou, e agora nos ajudamos mutuamente. Aqui é a minha casa, o meu trabalho, é como se fosse a minha igreja, o meu santuário.

– Fico feliz que tenha se encontrado!

Fechou mais uma vez os olhos e permaneceu em silêncio, para depois continuar.

– Foi difícil vir aqui, estava dividida entre o medo e a coragem... Você não é culpado pela morte de meus filhos, acho que já soube disso, pois as notícias correm fácil, mas eu queria lhe dizer pessoalmente...

E, soltando um suspiro aliviado, continuou:

– Agora me sinto mais inteira.

Com um movimento dos pés, Ellen retirou os sapatos e caminhou descalça entre os canteiros.

– Estou recomeçando – continuou –, nós vendemos o casarão para o antigo proprietário. Ele vai montar uma escola de arte, uma espécie de associação cultural, foi uma forma que ele achou de abrir a cancela aos visitantes que desejarem entrar, sem terem que pedir permissão para verem os mosaicos. A vizinhança é que não gostou, mas o novo proprietário parece ter bons advogados. Acho que ele também deve estar recomeçando...

Jeremias sorriu e perguntou:

– Fico feliz que esteja aqui, dizendo-me pessoalmente isso tudo. E o senhor Lúcio?

– Não deve estar em seu melhor estado, ele não aceita perder, porém Lúcio não é minha preocupação, nem eu a dele. Ele está preocupado em encontrar Oji em algum lugar do mundo, afinal ele lhe roubou uma grande parte de sua fortuna. Um pequeno quadro de Edgar Degas, que ficava em meu quarto, próximo do piano. Nem mesmo eu sabia que era um original.

– E o que a senhora pretende fazer agora?

– Por enquanto, dar paz ao meu passado.

– Senhora, nós vivemos situações extremas que nos ensinaram que conhecer, viver na pele, é bem diferente do que diagnosticar.

– Apesar de nunca ter desconfiado da trama, não consegui conhecer a verdadeira mãe do Ralf.

– Que possamos nos compadecer uns com os outros, pois todos nós necessitamos de perdão. Venha comigo, gostaria de dividir algo com a senhora.

Jeremias foi até o alpendre, pegou um livro e retirou de dentro dele um envelope, que entregou para a senhora, sentando-se em seguida.

– Uma carta – disse a senhora, sondando o envelope em que, de forma manuscrita, lia-se ao centro: "o amor jamais acaba", e, abaixo e ao canto, as palavras: "em mãos".

– Quando estive fora, na busca por localizar a senhora e seus filhos e reaver meu passado, uma pessoa apareceu na igreja, rompendo com seu anonimato e querendo saber sobre uma criança abandonada aos pés de um banco, próximo do altar, há quase cinquenta anos. Meus confrades preservaram meu nome e apenas disseram que eu havia partido sem previsão de retorno. A pessoa, em questão, deixou uma carta, pedindo que me entregassem no retorno.

Ellen abriu o envelope e retirou um papel fino, quase transparente, e, desdobrando com cuidado, começou a ler:

"Quando nasci, era para eu me chamar Valkíria. Não sei se pelo fato de meu pai ser espanhol, com fala rápida e enrolada, ou pela surdez do tabelião (ou ambas), acabaram me registrando com o estranho nome de Kíria.

Fiquei órfã de mãe logo depois de meu nascimento e fui educada pelo meu pai, um fazendeiro enérgico que gostava do trabalho na terra.

Ainda me lembro de seu olhar contemplando o horizonte, na varanda de nossa casa.

Quando moça, comecei a namorar um rapaz mais velho, meu professor de artes. Ele havia recebido uma proposta para apresentar seus trabalhos em uma exposição, fora do país. Conheci a felicidade no instante em que ele me chamou para irmos juntos.

O navio partiria na mesma noite, as obras já haviam sido embarcadas.

Infelizmente, a vida nos leva por caminhos que desconhecemos. Meu pai não viu felicidade alguma e não aceitou minha partida, discutimos, e eu, então, revelei que estava grávida. Não consegui uma permissão, porém ele me expulsou e mandou que eu nunca mais voltasse àquela casa.

No meio do caminho, arrependi-me dos desaforos que disse e de deixá-lo assim. Resolvi voltar.

Já era noite quando entrei na fazenda, porém meu irmão não permitiu que eu descesse do carro, dizendo que eu não era mais bem-vinda, pois havia matado nosso pai...

Fiquei em choque e só voltei para a estrada em função da agressão de meu irmão contra o carro. Saí ferida na alma, jurando nunca mais voltar. Quanta tolice já fiz, meu filho.

Acho que me julgava superior, incapaz de cometer um desatino tão grande como de meu pai e de meu irmão.

Quando cheguei ao porto, o navio já havia partido. Foi aí que me dei conta de que pouca coisa, ou quase nada, eu sabia dele. Meu amor havia seguido seu destino, sem saber de minha gravidez.

O encantamento virou desespero.

Os meses seguintes foram marcados por dificuldades e desencontros. Gastei todas as minhas economias procurando por seu pai, viajando para dentro e fora do país.

E, em uma madrugada fria, aos sons dos primeiros badalos do sino da igreja, você chegou. Fiquei desacordada por um período. Acordei fraca e sem saber o que fazer.

Nos dias que se seguiram, minha angústia aumentou. Eu deveria estar feliz, mas me sentia triste e apática. Pegava-me irritada com sua fragilidade. Era como se algo dentro de meu coração estivesse errado. Eu o via, mas não o reconhecia como meu filho.

Eu não sabia o que estava acontecendo. Alguns pensamentos começaram a me assustar profundamente. Seu choro me causava aflição, eu tremia e comecei a sentir medo de mim, de fazer algum mal a você.

Achava que nunca isso iria passar e por isso tinha vergonha de contar o que eu sentia. Uma mãe enjeitando o próprio filho? O que me diriam? Eu própria me sentia como sendo uma canalha.

Por favor, não tome estas linhas como justificativa, mas minha ignorância não era capaz de compreender que eu necessitava de ajuda e que era preciso conversar.

Quanto mais eu lutava contra o que sentia, mais os pensamentos me dominavam. Hoje, não tenho vergonha de lhe dizer isso, eu estava doente e não sabia. Eu o amo, meu filho!

O conflito se tornou tamanho, que eu o abandonei e fugi. Eu não soube cuidar de você. Perdoe-me. Por favor, perdoe-me.

Deixei você aos cuidados daquele que tinha a certeza de que não o abandonaria.

Demorei muito tempo para procurar por profissionais. A depressão é como uma roupa que cola na gente, e que nada tem a ver com caráter. Foi difícil compreender que eu tinha algo físico que boicotava meu jeito de ser, que influenciava na minha maneira de pensar.

À medida que avançava no tratamento, entendia melhor as minhas fragilidades e que as dificuldades na vida não eram uma exclusividade, que a impermanência fazia parte da vida.

Quando me senti reestabelecida, procurei por minha família, novo desencontro. Porém os caminhos de minha vida acabaram me levando ao encontro de um sobrinho. Foi ele quem me ajudou a procurá-lo, porém sem nenhum sucesso.

Filho, apesar de nunca ter reencontrado seu pai, sei que ele é um homem bom, um artista reconhecido, e pelo que li nos jornais há alguns anos, já tem uma família pronta para você.

Eu vivo pra encontrá-lo.

Não sou religiosa, mas, se soubesse que Deus me ouviria, pediria uma nova chance junto a você. Eu seria a pessoa mais feliz deste mundo.

Só uma chance é também o que lhe peço.

Amo-o, filho meu.

Kíria Ybarra.

Vereda Houdini, 580 – Capital.

21

Num canto reservado, do lado de fora do casarão, atualmente Escola de Belas Artes, o velho escultor, Mercedes e Celeste olhavam o encantamento de curiosos e dos alunos que chegavam.

– Esta escola é uma pequena forma de retribuir tudo o que recebi da vida. O prédio está em nome de vocês. Não quero que a escola se torne um peso, quando eu me for usem os recursos de acordo com as necessidades da época. Confio em vocês e estarei feliz com a decisão que tomarem.

Celeste e Mercedes tentaram argumentar, mas foram interrompidas.

– A escola de belas artes é um sonho meu, o prédio é de vocês. Já está feito.

– Já temos uma sala que nos deu para as reuniões do grupo de apoio, aliás, poderíamos trazer novos grupos de apoio mútuo, pois a sala fica vazia a maior parte do tempo – disse Celeste.

O velho, apoiando-se na bengala, fez menção de se manifestar, quando Mercedes emendou:

— É claro que aceitamos — disse, percebendo a inquietude do amigo. — E agradecemos por você fazer parte de nossa vida.

O velho se sentiu satisfeito.

— Seu pai deve estar muito feliz com você — continuou Celeste. — A Escola de Belas Artes será motivo de esperança e transformação de muita gente.

— Será motivo de voz, de identidade. A arte lida com a tensão entre opostos — disse Mercedes.

— Desculpe, minha adorada, mas quem deveria lidar com a tensão entre os opostos é a religião — rebateu o velho, trêmulo.

— Ai, vai começar — disse Celeste.

— É evidente! Você mesma... — apontando para Celeste — Quantas pedras já jogaram em você. Em quantos locais, que se diziam religiosos, você foi impedida de entrar? Isso é sectarismo!

— Não precisa me lembrar...

— Desculpe-me.

Mercedes interveio:

— Entendo o que quer dizer. A religião tem ficado da boca para fora. Até a ciência anda sofrendo com desconsideração. Tempos de ego emplumado...

— Seria bom viver sem contradição... — completou Celeste.

— Graças a Deus, sou genuinamente um inconformado — redarguiu o velho.

— Olhe só, dando Graças a Deus! — ironizou Mercedes.

— Ora, não me amolem vocês duas — retrucou o velho, batendo com força a bengala no chão.

*

No portão, à frente da casa de Manu, sua mãe conversava com Gaspar.

— Fico feliz por sua decisão, Gaspar; agora vá e me prometa que não vai parar antes em nenhum outro lugar. Que Oxalá o proteja, meu filho.

Gaspar começou a chorar.

— Por que está chorando? — perguntou a velha senhora.

– Tenho medo de não conseguir.

– Tenha fé e siga o tratamento, vivendo um dia de cada vez. Estarei torcendo, rezando e esperando-o.

Eles se abraçaram, Gaspar subiu em uma Kombi, na qual outros o esperavam, e partiram.

Ao entrar, a mãe, emocionada, foi dando logo a notícia ao casal, que estava na sala:

– Gaspar resolveu tratar da sua doença, o alcoolismo. Internou-se por conta própria na clínica de reabilitação do pastor Tenório. Fiquei feliz.

– E os outros que andavam com ele? – perguntou Manu.

– Ele me disse que não quiseram.

– Acho que ele não vai mudar, para ele é uma tentação irresistível – mencionou Manu.

– Tentação, sim. Irresistível, não. Com a ajuda dos médicos, há grandes chances. Eu tenho fé. Além disso, se a vida é como um dia na eternidade da alma, quem é que muda de um dia para o outro?

– Eu jamais me entregaria assim – confessou Manu em voz alta.

— Manu, minha filha, a gente acha que se conhece, mas somos um conjunto de várias encarnações passadas, com modos seculares de agir e de pensar, que oprimem nosso peito e que nos viciam. Que Deus tenha misericórdia de nós, e que tenhamos forças de melhorar com o presente...

A velha senhora, transmitindo ternura, sentou-se ao lado do rapaz.

— E você, tem sonhado com seu pai?

— A última vez foi na semana passada. Eu o vi, embalando um bebê, no degrau da porta. Vi minha mãe cozinhando. Tive a sensação de que ambos me olhavam, não como criança, mas como um adulto muito querido. Vi meu pai sorrir, minha mãe me acompanhava com os olhos. Eu me sentei na cadeira da cozinha, olhei para eles e acordei...

— Que sonho lindo. Reze pelos seus pais, fique bem, menino. Você é um abençoado que encontrou a paz. Não precisou passar pelo arrependimento já que não se deixou levar pela cega sede de justiça. Há muitas formas de aprender e evoluir, sem tanta dor. Agradeça a Deus pelo fato de ter compreendido a tempo, e retribua.

O telefone tocou.

Manu fez menção de atender, porém sua mãe fez sinal de que ela atenderia, e caminhou, lembrando-se do sorriso afetuoso do filho desaparecido.

– Alô – disse a velha, pegando o telefone.

Uma voz, um pouco insegura, iniciou a conversa.

– Por favor, gostaria de falar com algum parente do Marcos.

– Marcos?

– Sim – respondeu a voz, titubeando.

Manu se levantou e correu para perto do telefone.

– Eu sou a mãe dele, quem tá falando?

– É da Polícia Militar, senhora.

– Vocês encontraram meu filho? Ele está bem?

*

Após ler a carta, Ellen, sentindo-se envolvida

com a revelação, olhou nos olhos de Jeremias e declarou, enternecida:

— Então, é você o filho desaparecido que Kíria tentava reencontrar.

Dobrou a carta e a guardou, passando a ponta dos dedos pelas letras escritas no envelope, desabafando com admiração e carinho.

— Vocês estiveram tão perto, e ela nem desconfiava...

— Ela me protegeu, levou um tiro por mim, sem saber quem eu era...

Ellen esboçou um leve sorriso e, atentando para os canteiros que germinavam, continuou:

— Eu admirava a sua mãe, ela esteve comigo em momentos muito difíceis e só agora eu a imagino sozinha, grávida, àquela época; quanto deve ter sofrido... Sua figura era tão forte, que eu a julgava incapaz de saber o que seria sofrer...

E, erguendo os olhos para Jeremias, viu a figura espiritual de Bernardo, seu antigo amigo, junto à de padre Miguel.

— Eles estão aqui, Jeremias.

Jeremias, emocionado, elevou o pensamento de gratidão a Deus e a Jesus. Ellen começou a falar, reproduzindo o que padre Miguel dizia:

– Após séculos e séculos, finalmente a pérola do evangelho de Jesus se encontra em vossos corações. Somos um grupo que se estende por toda parte, interligados pela força do Espírito. Vós não estais sós. Guardai a fé.

Nada acontece ao acaso ou sem consequência.

Tudo um dia vos será revelado, porém não antes de todos compreendermos a extensão do amor. O que vos posso dizer hoje é que o perdão sentido e verdadeiro tem efeito muito além, é contagiante eflúvio que lava em cascata almas ligadas por infelizes momentos do passado. Perdoar setenta vezes sete é o que nos advertiu o Mestre. Seguir Seus ensinamentos é estar em vigilante batalha interior, mas não é viver dentro de si. Perdoai a vós mesmos, filhos queridos, pois ainda há vida e desafios frente às vossas imperfeições. Avançai, pois, além de vós, outros esperam por ajuda.

Aqui estão reencarnados, e este mundo é o vosso lar, a vossa família, os vossos amigos...

Possais todos fazer o vosso melhor, para que sejais felizes aqui e agora.

A Terra será um planeta melhor quando todos nós, encarnados e desencarnados, banirmos de nosso coração o egoísmo e o orgulho.

Sigamos com Jesus em nossas atitudes, e como Ele mesmo nos disse: Tende bom ânimo!

O momento é de fazer brotar o amor, tendo na mente a oração dominical... Perdoai, Pai, as nossas dívidas, que são enormes, assim como perdoamos a quem nos ofende.

Ficai em paz, e que Deus vos abençoe o esforço sincero para o conhecimento de vós mesmos.

Ellen, voltando a si, levantou a cabeça e viu, mais uma vez, os dois Espíritos, desta vez rodeados de várias crianças, sendo que duas delas lhe enviavam beijos com as mãos.

– Meus queridos! – sussurrou Ellen.

FIM

"(...) fixemos os nossos olhos, não naquilo que se vê, mas no que não se vê, pois o que se vê é transitório, mas o que não se vê é eterno."

2 Coríntios 4:18

IDE | Livro com propósito

No ano de 1963, Francisco Cândido Xavier ofereceu a um grupo de voluntários o entusiasmo e a tarefa de fundarem um periódico para divulgação do Espiritismo. Nascia, então, o Instituto de Difusão Espírita - IDE, cujos nome e sigla foram também sugeridos por ele.

Assim, com a ajuda de muitas pessoas e da espiritualidade, o Instituto de Difusão Espírita se tornou uma entidade de utilidade pública, assistencial e sem fins lucrativos, fiel à sua finalidade de divulgar a Doutrina Espírita, por meio de livros, estudo e auxílio (material e espiritual).

Tendo como foco principal as obras básicas de Allan Kardec, a preços populares, a IDE Editora possui cerca de 300 títulos, muitos psicografados por Chico Xavier, chegando a todo o Brasil e em várias partes do mundo.

Agora, na era digital, a IDE Editora foi a pioneira em disponibilizar, para download, as obras da Codificação, em português e espanhol, gratuitamente em seu site: ideeditora.com.br.

Além da editora, o Instituto de Difusão Espírita também se desenvolveu em outras frentes de trabalho, tanto voltadas à assistência e promoção social, como o acolhimento de pessoas em situação de rua (albergue), alimentação às famílias em momento de vulnerabilidade social, quanto aos trabalhos de evangelização infantil, mocidade espírita, artes, cursos doutrinários e assistência espiritual (passes).

Ao adquirir um livro da IDE Editora, você estará colaborando com a divulgação do Espiritismo e com os trabalhos assistenciais do Instituto.

leia estude pratique

Conheça mais sobre a Doutrina Espírita por meio das obras de **Allan Kardec**

Pratique o "Evangelho no Lar"

livros com propósito

INSTITUTO
DE DIFUSÃO
ESPÍRITA

🌐 ideeditora.com.br
📷 ideeditora
f ide.editora
🐦 ideeditora

Ide editora é nome fantasia do Instituto de Difusão Espírita, entidade sem fins lucrativos.

Se você acredita no conhecimento que os livros inspiram, na caridade e na importância dos ensinamentos espíritas, ajude-nos a continuar esse trabalho de divulgação e torne-se um sócio-contribuinte. Qualquer quantia é de grande valor. Faça parte desse propósito! Fale conosco 📞 (19) 9.9791.8779.